Andreï Makine

La fille
d'un héros
de l'Union
soviétique

Gallimard

Andreï Makine est né à Novgorod en 1957. Docteur ès lettres de l'université de Moscou, il a été professeur à l'Institut pédagogique de Novgorod et a collaboré à la revue *Littérature moderne à l'étranger* avant de venir enseigner le russe en France.

Il a reçu les prix Goncourt, Médicis et Goncourt des lycéens 1995 pour son roman *Le testament français* (Mercure de France).

À mon ami Jacques Verrier

1

Comme tout est fragile et étrange ici-bas…

C'est ainsi que sa vie n'avait tenu qu'à cet éclat de miroir terni et aux doigts bleuis par le froid d'une ambulancière mince comme une adolescente.

Il était couché dans ce champ printanier labouré par les chars, au milieu de centaines de capotes figées pendant la nuit en un monceau glacé. À gauche, d'un noir cratère, des poutres brisées hérissaient leurs pointes déchiquetées. Tout près, les roues enfoncées dans une tranchée à demi éboulée, un canon antichar se cabrait vers le ciel.

Avant la guerre, d'après les livres, il imaginait le champ de bataille tout à fait autrement : des soldats soigneusement alignés dans l'herbe tendre, comme s'ils avaient eu le temps, avant de mourir, de prendre une pose particulière, significative, suggérée par la mort. Chaque cadavre apparaissait ainsi dans la solitude de sa rencontre singulière avec la mort. Et l'on pouvait jeter un regard sur le visage de chacun d'eux, l'un tournant ses yeux vers les nuages qui s'éloignaient lentement, l'autre touchant de sa joue la terre noire.

C'est pourquoi, longeant pour la première fois le pré couvert de morts, il n'avait rien remarqué. Il marchait, tirant à grand-peine ses bottes des ornières du chemin d'automne, le regard fixé sur le dos de l'homme de devant, sur sa capote grise et délavée où brillaient des gouttelettes de brouillard.

Au moment où l'on sortait du village — squelettes d'isbas à demi brûlées — une voix s'éleva derrière, dans la file :

— Putain ! Ils ne lésinent pas sur le peuple !

Il jeta alors un coup d'œil sur le pré qui fuyait vers le taillis voisin. Il vit dans l'herbe boueuse un amas de capotes grises où, pêle-mêle, gisaient des Russes et des Allemands, tantôt entremêlés, tantôt isolés, face contre terre. Puis quelque chose qui ne ressemblait plus à un corps humain, mais à une sorte de bouillie brunâtre, dans des lambeaux de drap mouillé.

Une de ces masses mortes, à présent, c'était lui. Il était couché ; sa tête, prise dans une petite flaque de sang gelé sous la nuque, faisait avec son corps un angle inimaginable pour un être vivant. Ses coudes étaient si violemment tendus sous son dos qu'il semblait vouloir s'arracher de terre. Le soleil scintillait à peine dans les broussailles givrées. Dans la forêt, à l'orée du champ et dans les entonnoirs, on discernait encore l'ombre violette du froid.

Les ambulanciers étaient quatre : trois femmes,

et un homme qui conduisait la fourgonnette dans laquelle ils déposaient les blessés.

Le front reculait à l'ouest. Le matin était incroyablement serein. Leurs voix, dans l'air glacé et ensoleillé, résonnaient, claires et lointaines. « Il faut terminer avant que ça fonde, sinon on va patauger ! » Tous les quatre étaient à bout de fatigue. Leurs yeux, rouges de nuits sans sommeil, clignaient dans le soleil bas. Mais leur travail était efficace et bien coordonné. Ils pansaient les blessés, les chargeaient sur les brancards et lentement, faisant crisser les dentelles de glace, contournant les morts, trébuchant dans les ornières, ils parvenaient jusqu'au fourgon.

La troisième année de guerre s'écoulait. Et ce champ de printemps couvert de capotes glacées s'étendait quelque part dans le cœur déchiré de la Russie.

En passant près du soldat, la jeune ambulancière s'arrêta à peine. Elle jeta un coup d'œil sur la plaque de sang givré, sur les yeux vitreux et sur les paupières gonflées par la déflagration et souillées de terre. Mort. Avec une telle blessure, on ne survit pas. Elle continua son chemin, puis revint, et, tout en évitant de regarder ces yeux horribles, exorbités, elle retira le livret militaire.

— Écoute, Mania, cria-t-elle à sa camarade qui pansait un blessé à dix pas d'elle, un Héros de l'Union soviétique !

— Blessé ? demanda celle-ci.

— Mais non… Mort.

Elle se pencha sur lui et commença à briser la glace autour de ses cheveux pour lui relever la tête.

— Eh bien! Allons-y, Tatiana. On va porter le mien.

Et Mania saisissait déjà sous les aisselles son blessé dont la tête était blanche de bandages.

Alors Tatiana, les mains humides et insensibles, chercha à la hâte dans sa poche un petit éclat de miroir, l'essuya avec un morceau de charpie et le porta aux lèvres du soldat. Dans cet éclat passa le bleu du ciel, un arbuste miraculeusement préservé et couvert de cristaux. Une matinée de printemps éclatante. Le quartz scintillant du givre, la glace fragile, le vide ensoleillé et sonore de l'air.

Soudain tout cet espace glacé s'adoucit, se réchauffa, se voila d'une petite ombre de brume. Tatiana sauta sur ses jambes et, brandissant l'éclat d'où s'effaçait rapidement la buée légère du souffle, cria :

— Mania, il respire !

L'hôpital avait été improvisé dans le bâtiment à un étage de l'école. Les pupitres s'entassaient sous l'escalier, les bandages et les médicaments dans les armoires, les lits alignés dans les salles de classe ; on avait paré au plus pressé. Quand il reprit connaissance après quatre jours de coma profond, il devina, à travers le brouillard blanchâtre qui noyait ses yeux d'un voile visqueux et douloureux, le portrait de Darwin. Plus bas il devinait une carte où apparaissaient des taches diffuses de trois couleurs — le rouge de l'Union soviétique, le vert des colonies anglaises et le violet de celles de la France. Puis cette torpeur commença à se dissiper. Il parvint peu à peu à distinguer les infirmières et à ressentir une brûlure cuisante quand on changeait ses pansements.

Une semaine plus tard, il put échanger quelques mots avec son voisin, un jeune lieutenant amputé des deux jambes. Le lieutenant parlait beaucoup, comme pour s'étourdir ou chasser l'ennui. Parfois il tendait la main vers le bas de son lit, cherchant ses jambes absentes et, se ressaisissant, presque enjoué, disait avec une certaine crânerie ce que le Héros de l'Union soviétique avait entendu et entendrait encore dans la bouche des soldats : « Nom de Dieu ! Mes jambes sont foutues, mais ça me démange toujours. Ça, c'est un miracle de la nature ! »

L'histoire du miroir, c'était le lieutenant qui la lui avait racontée. Il avait quelquefois entrevu celle qui l'avait sauvé. Elle aidait parfois à installer les blessés, distribuait le déjeuner, mais la plupart du temps, comme avant, elle parcourait les champs dans le camion sanitaire.

Quand elle entrait dans leur salle, elle jetait souvent un regard craintif de son côté, et lui, les paupières mi-closes, sentant sa douleur s'atténuer, s'entrecouper d'éclaircies, souriait longuement.

Il était couché, souriait et pensait à quelque chose de très simple. Il pensait qu'il était Héros de l'Union soviétique; il était resté vivant, ses jambes et ses bras étaient intacts; hier pour la première fois, dans le bruit sec et assourdissant du papier rêche qui se déchire, on avait ouvert la fenêtre sur l'air tiède du printemps; demain il essaierait de se lever, de marcher un peu, et, s'il y parvenait, il ferait connaissance avec la jeune fille mince qui lui jetait des regards furtifs.

Le lendemain, il se leva et, savourant la béatitude des premiers pas encore maladroits, navigua au travers de la chambre vers la sortie. Dans le couloir il s'arrêta près de la fenêtre ouverte et regarda avec une avidité joyeuse la fumée claire de la première verdure, la petite cour poussiéreuse où se promenaient les blessés, certains sur des béquilles, d'autres le bras en écharpe. Il roula une cigarette, l'alluma. Il espérait la rencontrer ce jour même, capter son regard («une telle blessure et déjà debout!») et lui parler. Il avait bien réfléchi durant ces longues journées et ces longues semaines. Il lui ferait un petit signe de tête en aspirant une bouffée et, plissant les yeux, lui dirait d'un air nonchalant: «Il me semble qu'on s'est déjà vus quelque part...» Mais parfois il pensait qu'il devrait engager la conversation autrement. Oui, commencer par cette phrase entendue un jour dans un spectacle auquel sa classe avait assisté. L'acteur, drapé dans sa cape noire, disait à l'héroïne habillée d'une robe moussante de dentelle claire: «C'est donc à vous, madame, que je suis redevable de la vie...» Cette phrase lui semblait d'une fascinante noblesse.

Elle apparut brusquement. Pris au dépourvu, il

roula à la hâte une cigarette en plissant les yeux. Il n'avait même pas remarqué qu'elle courait. Ses grandes bottes et sa jupe étaient éclaboussées par la boue, ses cheveux collaient sur son front en mèches humides. De la chambre voisine sortait le médecin-chef. Il l'aperçut et s'arrêta comme pour lui dire quelque chose. Mais elle se jeta sur lui et, dans un sanglot qui éclata comme un rire, cria : «Lev Mikhaïlovitch ! La voiture… sur une mine… près du ruisseau… Le ruisseau a débordé… J'étais descendue pour chercher le gué… »

Le médecin-chef la poussait déjà vers son cabinet installé dans la salle des professeurs. Elle continuait à jeter par saccades : «Tolia voulait passer par le champ. C'était bourré de mines… Ça flambait tellement qu'on ne pouvait pas s'approcher… Mania… Mania a brûlé aussi… »

Dans le couloir il y eut un brusque remue-ménage. Les infirmières couraient, leur trousse à la main. Le Héros de l'Union soviétique se pencha par la fenêtre. À travers la cour de l'école se précipitait le médecin-chef, traînant sa jambe mutilée lors d'un bombardement. On entendait le ronflement du moteur de la camionnette aux ridelles surélevées par des planches de bois vert.

C'est plus tard qu'ils firent connaissance. Ils se parlaient et s'écoutaient avec une émotion joyeuse qu'ils n'avaient jamais ressentie. Et pourtant qu'avaient-ils à se raconter ? Leurs deux villages, l'un près de Smolensk, l'autre perdu dans les marécages de Pskov. Une année de famine

vécue dans leur enfance et qui semblait maintenant, en pleine guerre, quelque chose de tout à
fait ordinaire. Un été lointain passé dans un
camp de pionniers et figé sur une photo jaunie
— une trentaine de gamins au crâne rasé, immo-
bilisés dans une tension un peu défiante sous
une banderole rouge : « Merci au camarade Staline pour notre enfance heureuse ! » Il était assis
à droite d'un pionnier robuste et renfrogné derrière son tambour et, comme tous ses camarades,
envoûté, il fixait l'objectif...

Un soir, ils sortirent de l'école, tout en parlant
traversèrent lentement le village à demi brûlé et
s'arrêtèrent près de la dernière isba. Il n'en restait qu'une carcasse noircie, une dentelle calci-
née dans l'air froid du printemps. À l'intérieur
on discernait la forme grise d'un grand poêle
couvert de tisons. Mais tout autour, sur la terre,
on voyait déjà le reflet bleu de l'herbe nouvelle.
Au-dessus d'une palissade démolie brillait timidement dans le crépuscule transparent la
branche pâle d'un pommier en fleur.

Ils se taisaient. Lui, comme par curiosité, scru-
tait l'intérieur de l'isba. Elle, caressait distraitement les grappes blanches du pommier. « Quel
poêle ! dit-il enfin. Il ressemble au nôtre. Nous
avions la même léjanka[1]. » Puis, sans transition, il
se mit à parler, le regard fixé sur les entrailles
brûlées de l'isba.

« Chez nous, les Fritz sont arrivés en été. Ils ont
occupé le village, pris leurs quartiers. Deux jours

---

1. Large rebord du poêle russe sur lequel on peut s'allon-
ger. (N.d.T., comme pour toutes les autres notes.)

après, en pleine nuit, les partisans ont attaqué. Ils ont fait sauter l'entrepôt des Fritz, en ont tué plusieurs. Mais pour les déloger… ils n'étaient pas assez armés. Ils se sont repliés dans la forêt. Le matin, les Allemands étaient enragés, ils ont mis le feu aux deux bouts du village. Ceux qui essayaient de s'échapper, on les abattait sur place. Pourtant il ne restait plus que les femmes et les enfants. Et les vieux, bien sûr. Ma mère avec le bébé — c'était Kolka, mon frère — quand elle a vu ça, elle m'a poussé dans le potager. "Sauve-toi! a-t-elle dit. Cours vers la forêt!" J'ai bien commencé à courir, mais j'ai vu que tout le village était encerclé. Alors j'ai fait demi-tour. Mais eux entraient déjà dans notre cour. Ils étaient trois, avec des mitraillettes. Près de notre isba, dans un petit pré, il y avait une meule de foin. J'ai pensé : "Là-dessous, ils ne me trouveront pas!" Et puis, comme si quelqu'un me l'avait soufflé… je vois près de la haie une grande corbeille, tu sais, une énorme corbeille à deux anses. Et moi, je plonge dessous. Je ne sais pas comment j'ai tenu là-dedans. Les Allemands sont entrés dans la maison. Et ils ont abattu la mère… Elle a longtemps crié… Et moi, je suis devenu comme une bûche tellement j'avais peur… Je les vois sortir. L'un d'eux — je n'en croyais pas mes yeux — porte Kolka par les pieds, la tête en bas. Le pauvre gosse s'était mis à hurler… Ce qui m'a sauvé alors, c'est la peur. Si j'avais eu toute ma tête, je me serais jeté sur eux. Mais je n'ai pas même réalisé ce qui se passait. À ce moment-là, j'en vois un qui sort un appareil photo, tandis que l'autre embroche Kolka avec sa baïonnette… Il posait pour la photo, le salaud ! Je suis resté sous la corbeille, et à la nuit, j'ai filé. »

Elle l'écoutait sans l'entendre, sachant à l'avance qu'il y aurait dans son récit toute cette horreur qui les entourait et que l'on rencontrait à chaque pas. Elle se taisait, se souvenant du jour où leur camionnette était entrée dans le village repris aux Allemands. On s'était mis à soigner les blessés. Et, on ne sait d'où, avait surgi comme un revenant une vieille desséchée, à demi morte, qui, sans un mot, l'avait tirée par la manche. Tania l'avait suivie. La vieille l'avait amenée dans une grange ; sur la paille pourrie étaient étendues deux jeunes filles — toutes les deux tuées d'une balle dans la tête. Et c'est là, dans la pénombre, que la paysanne avait retrouvé la parole. Elles avaient été tuées par les leurs, les polizaï[1] russes, qui avaient tiré dans la tête et violé les corps encore chauds se débattant dans l'agonie…

Ils restèrent quelques instants sans parler, puis prirent le chemin du retour. Il alluma une cigarette et fit entendre un petit rire, comme s'il se souvenait de quelque chose de comique :

— Quand ils ont quitté notre cour, ils sont passés tout près de la meule de foin. J'ai regardé. Ils se sont arrêtés et ont commencé à la larder de coups de baïonnette. Ils pensaient que quelqu'un s'était fourré dedans…

1. Collaborateurs de l'occupant.

Vingt ou trente ans plus tard, à l'occasion du 9 mai, on posera souvent à Tatiana cette question : « Tatiana Kouzminitchna, comment as-tu rencontré ton Héros ? » Ce jour-là, tout l'atelier de vernissage — dix jeunes filles, trois ouvrières plus âgées dont elle-même, et le chef, un homme osseux dans un bleu de travail vitrifié par le vernis — organise une petite fête. Ils s'entassent dans un bureau encombré de vieux papiers, d'anciens journaux muraux, de fanions des « Vainqueurs de l'émulation socialiste », et hâtivement ils se mettent à manger et à boire, portant des toasts en l'honneur de la Victoire.

La porte du bureau donne sur l'arrière-cour de la fabrique de meubles. Ils la tiennent ouverte. Après les vapeurs délétères de l'acétone, c'est un vrai paradis. On sent le vent de mai ensoleillé, encore presque sans odeur, léger et vide. Au loin, on voit une voiture laissant derrière elle un nuage de poussière, comme si c'était l'été. Les femmes tirent de leur sac de modestes victuailles. Le chef, avec un clin d'œil complice, sort d'une petite armoire tout éraflée une bouteille d'alcool escamotée et étiquetée « acétone ». Tout le monde s'anime, mélange l'alcool à la confiture, y verse un peu d'eau et trinque : « À la Victoire ! »

— Tatiana Kouzminitchna, comment as-tu connu ton Héros ?

Et elle commence pour la dixième fois à raconter le petit miroir, l'école-hôpital, ce printemps lointain. Elles connaissent déjà la suite, mais écoutent, s'étonnent et s'émeuvent comme si elles l'entendaient pour la première fois. Tatiana ne veut plus se souvenir ni du village incendié par les deux bouts, ni de la vieille paysanne muette la conduisant vers la grange…

— Il y avait un de ces printemps, mes amies, cette année-là… Un soir, on est allé à la sortie du village, on s'est arrêté, tous les pommiers étaient en fleur, c'était beau à vous couper le souffle. La guerre, qu'est-ce que ça peut leur faire, aux pommiers ? Ils fleurissent. Et mon Héros a roulé une cigarette, a fumé. Il a plissé les yeux comme ça et a dit…

Il lui semble maintenant qu'ils ont vraiment eu ces rendez-vous et ces soirées longues, si longues… D'année en année elle a fini par y croire. Pourtant il n'y avait eu que ce soir de printemps glacé, la carcasse noire du toit brûlé, et aussi ce chat affamé qui se faufilait prudemment le long de la palissade en les regardant d'un air mystérieux, comme les bêtes et les oiseaux qui, au crépuscule, semblent remuer des pensées humaines.

Il y eut encore une autre soirée, la dernière. Chaude, remplie du bruissement et du gazouillement des martinets. Ils étaient descendus vers la rivière, étaient restés longtemps immobiles sans savoir quoi se dire ; ensuite, maladroitement, ils s'étaient embrassés pour la première fois.

— Demain, Tania, ça y est… je rentre dans les rangs… je rejoins le front, dit-il d'une voix un peu altérée, cette fois sans plisser les yeux. Alors voilà, écoute-moi bien : une fois la guerre finie, on se mariera et on ira dans mon village. Il y a de la bonne terre chez nous. Mais toi, il faut seulement que...

Il s'était tu. Les yeux baissés, elle regardait les traces de leurs bottes dans l'argile molle de la berge. Soupirant comme un enfant essoufflé par de longues larmes, elle avait dit d'une voix sourde :

— Moi, ce n'est rien... mais c'est toi...

L'été 1941, quand il s'échappa du village incendié pour rejoindre les partisans, il venait d'avoir dix-sept ans. Le visage de l'Allemand qui avait tué le petit Kolka, il l'avait encore dans les yeux. Il l'avait gardé comme on garde dans la terreur blafarde et trop réelle d'un cauchemar les tangages de l'escalier qui se dérobe sous vos pieds. Il avait retenu ce visage à cause de la cicatrice sur la joue, comme mordue de l'intérieur, et du regard clair de ses yeux bleus. Longtemps il avait été obsédé par la pensée d'une vengeance atroce, d'un règlement de compte personnel, par le désir de voir se débattre dans des tortures cruelles celui qui avait posé pour la photo, avec le corps de l'enfant au bout de sa baïonnette. Il était absolument certain de le retrouver.

Leur détachement de partisans avait été écrasé. Par miracle, en restant toute une nuit dans les roseaux avec de l'eau jusqu'au cou, il avait réussi à en réchapper. Au comité militaire de la région il s'était vieilli d'un an, et deux jours plus tard il s'était retrouvé assis sur un banc dur avec d'autres garçons en treillis, maigres et le crâne rasé, écoutant le langage très militaire, fruste mais clair, d'un sous-officier. Celui-ci parlait de la « tankophobie », expliquant qu'il ne fallait pas avoir peur des chars et qu'en fuyant à leur approche on était sûr de se faire avoir. Il fallait savoir ruser. Et le sergent avait même dessiné sur le vieux tableau noir un char avec ses endroits vulnérables : les chenilles, le réservoir d'essence…

— Bref, qui a peur du char, n'aille pas à la guerre ! conclut le sergent, tout fier de son esprit.

Deux mois plus tard, en novembre, allongé dans une tranchée glacée, soulevant un peu la tête au-dessus des mottes de terre givrée, Ivan regardait la rangée de chars qui sortait de la forêt transparente et qui se déployait lentement. À côté de lui étaient posés son fusil — c'était encore ce vieux modèle conçu par le capitaine du tsar, Mossine — et deux bouteilles de liquide explosif. Pour toute leur section accrochée à ce bout de terre gelée, il n'y avait que sept grenades antichars.

Derrière eux, si on avait pu se redresser, on aurait vu avec des jumelles, à travers le brouillard froid, les tours du Kremlin.

— On est à une heure de voiture de Moscou, avait dit, la veille, un soldat.

— À Moscou, il y a le camarade Staline, lui avait répliqué l'officier. Moscou ne tombera pas !

Staline !

Et, tout de suite, une bouffée de chaleur. Pour

24

lui, pour la Patrie, on pouvait affronter les chars à mains nues! Pour Staline, tout prenait son sens : et les tranchées enneigées, et leurs capotes qui bientôt se figeraient pour toujours sous le ciel gris, et le cri rauque de l'officier s'élançant sous le claquement assourdissant des chenilles, sa grenade dégoupillée à la main.

Quarante ans après cette journée glaciale, Ivan Dmitrievitch se retrouvera assis dans la grisaille humide d'une brasserie obscure, dans le brouhaha des tables voisines, en train de causer avec deux camarades de rencontre. Ils auront déjà versé en douce dans leurs trois chopes de bière une bouteille de vodka, en auront attaqué une deuxième et se sentiront si bien qu'ils n'auront même pas envie de discuter. Tout juste écouter l'autre et acquiescer à ses dires.

— Eh bien quoi, ces Panfilovtsy[1]?... ça, des héros? Se jeter sous les chars? Quel autre choix avaient-ils, bon Dieu? «Derrière nous, Moscou! disait le commissaire politique. Il n'y a plus de retraite possible!» Sauf que derrière nous, ce n'était pas Moscou. C'étaient les mitrailleuses des équipes de barrage, ces salauds du N.K.V.D.[2]. Moi aussi, Vania, comme toi, c'est là que j'ai com-

1. Les vingt-huit soldats d'un régiment défendant Moscou qui se sont sacrifiés en se jetant avec leurs grenades sous les chars, arrêtant ainsi la percée des Allemands sur la capitale, au cours de l'hiver 1941.
2. Commissariat du peuple pour les affaires intérieures, police politique chargée sous Staline des répressions et des purges.

mencé. Seulement moi, j'étais dans les transmissions...

Ivan Dmitrievitch approuvera de la tête, enveloppant son interlocuteur d'un regard flottant et presque tendre. À quoi bon discuter? Et puis va donc savoir comment cela s'est vraiment passé? «Et pourtant — les mots s'articulaient silencieusement dans son esprit — je ne pensais pas à ce moment-là à la moindre équipe de barrage. Le lieutenant a hurlé : "En avant pour Staline! pour la Patrie!" Et d'un coup tout est parti. Plus de froid, plus de peur. On y croyait...»

L'Étoile d'or du Héros de l'Union soviétique, il la recevra à la bataille de Stalingrad.

Stalingrad pourtant, il ne l'avait jamais vu. Rien qu'une traînée de fumée noire à l'horizon, au-dessus d'une steppe sèche et surchauffée jusqu'à faire crisser le sable sous les dents. Il n'avait pas vu non plus la Volga, mais seulement un vide grisâtre au loin, comme suspendu sur l'abîme au bout de la terre. Le sergent Mikhalytch avait agité sa main en direction de la fumée noire, à l'horizon :

— C'est Stalingrad qui brûle. Si les Allemands traversent la Volga, la ville est fichue, on ne la tiendra pas.

Le sergent était assis sur une caisse à obus vide et tirait sur la dernière cigarette de sa vie. Une demi-heure plus tard, dans le vacarme et la bourrasque de poussière du combat, il pousserait un soupir et lentement s'affaisserait sur le côté, en portant la main à sa poitrine comme pour en arracher un petit éclat griffu.

Comment s'étaient-ils retrouvés avec leur pièce d'artillerie sur cette hauteur, entre ce bois clair-semé et une ravine pleine de ronces? Pourquoi les avait-on laissés tout seuls? Qui avait donné l'ordre d'occuper cette position? Quelqu'un même avait-il donné cet ordre?

La bataille avait duré si longtemps qu'ils s'y étaient installés. Ils avaient cessé de se sentir indépendants des lourds soubresauts de ce canon de 76, du sifflement des balles, des déto-nations. Ondulant comme des navires sur la steppe dévastée, les chars déferlaient. Derrière eux, dans des nuages de poussière, s'agitaient les ombres noires des soldats. La mitrailleuse crépi-tait, d'une petite tranchée sur la gauche. Après avoir avalé son obus, le canon le recrachait comme dans un «ouf» de soulagement. Six chars fumaient déjà. Les autres reculaient pour un temps, puis revenaient comme aimantés par la colline farcie de métal. Et de nouveau, dans une agitation fébrile, les muscles raidis, les artilleurs, totalement assourdis, se confondaient avec les spasmes forcenés du canon. Depuis longtemps, ils ne savaient plus combien ils étaient, piétinant même des morts en transportant les obus. Et ils apprenaient la mort d'un camarade seulement quand se brisait le rythme de leur dure besogne. De temps en temps Ivan se retournait, et chaque fois il voyait le roux Serioga confortablement assis près des caisses vides. «Eh! Serguei! Qu'est-ce que tu fous là?» avait-il chaque fois envie de lui crier. Mais en même temps il remarquait que l'homme assis n'avait plus pour ventre qu'une bouillie sanguinolente. Puis, pris dans le vacarme du combat et dans le tintamarre des armes, il oubliait, se retournait de nouveau, voulait de nouveau l'interpeller et de nouveau voyait cette tache rouge...

Ce qui les sauvait, c'étaient les deux premiers chars qui brûlaient et empêchaient une attaque directe des Allemands. La ravine les protégeait sur la gauche, le petit bois sur la droite. Du moins le pensaient-ils. C'est pourquoi lorsque, dans un bruit de troncs cassés, écrasant les buissons, surgit un char, ils n'eurent même pas le temps d'avoir peur. Le char tirait à vue, mais celui qui était blotti dans ses entrailles étouffantes s'était trop hâté.

L'explosion projeta Ivan à terre. Il roula dans la tranchée, tâtonna dans un trou pour trouver le manche de la grenade et, repliant le bras, il la lança. La terre tressaillit — il n'entendit pas l'explosion, mais la ressentit dans son corps. Il passa la tête au-dessus de la tranchée et vit la fumée noire et les ombres qui sortaient de la tourelle. Tout cela dans une surdité à la fois sonore et cotonneuse. Pas de mitraillette à portée de main. Il jeta encore une grenade, la dernière...

Dans le même silence feutré, il quitta la tranchée et vit la steppe vide, les chars fumants, le chaos des terres labourées, des cadavres et des arbres déchiquetés. À l'ombre du canon était assis un Sibérien âgé, Lagoun. Voyant Ivan, il se leva, lui fit un signe de tête et dit quelque chose.

Il se dirigea, toujours dans un silence irréel, vers la petite tranchée du mitrailleur. Celui-ci était à moitié couché sur le flanc, la bouche entrouverte et tordue par une telle souffrance qu'Ivan, sans l'entendre, vit son cri. Sur ses mains ensanglantées, il ne restait plus que les pouces. Lagoun commença à le panser en lavant ses moignons avec l'alcool de la gourde et en les serrant fortement. Le mitrailleur ouvrit la bouche encore plus grand et se renversa sur le dos.

Ivan, titubant, contourna le char couvert de feuilles et de branches cassées, et pénétra sous les arbres. Deux ornières laissées par les chenilles brillaient d'un éclat noir dans l'herbe arrachée. Il les traversa et se dirigea là où l'ombre était plus épaisse.

Même dans ce taillis on sentait la forêt. Des moucherons tourbillonnaient dans les rayons minces et tremblants du soleil. Il aperçut une rigole étroite emplie d'une eau couleur de thé et d'une limpidité vertigineuse. Sur son éclat lisse couraient les araignées d'eau. Il la suivit et après quelques pas trouva le minuscule bassin d'une source. Il s'agenouilla et but avidement. Désaltéré, il releva la tête et perdit son regard dans cette profondeur transparente. Soudain, il aperçut son reflet, ce visage qu'il n'avait pas vu depuis si longtemps — ce jeune visage légèrement bleui par l'ombre de la première barbe, avec des sourcils décolorés par le soleil et des yeux terriblement lointains, étrangers.

« C'est moi... — les mots se formaient lentement dans sa tête — Moi, Ivan Demidov... » Il contempla longuement les traits de ce reflet sombre. Puis il se secoua. Il lui sembla que le silence devenait moins dense. Quelque part au-dessus de lui gazouilla un oiseau.

Ivan se releva, se pencha de nouveau et plongea la gourde dans l'eau. «Je vais la porter à Lagoun, il doit cuire, là-bas, sous son canon.»

Par sa citation à l'ordre du Soviet suprême de l'Union soviétique, il apprendra que ce jour-là «ils ont contenu l'avance de l'ennemi dans une direction d'une importance stratégique capitale, ils ont résisté à plus de dix attaques d'un ennemi numériquement supérieur». Dans ce texte seront mentionnés les noms de Stalingrad et de la Volga, qu'ils n'ont jamais vus. Et comme ces mots ressembleront peu à ce qu'ils avaient vécu et éprouvé! Il n'y sera question ni de Mikhalytch et de son gémissement de douleur, ni de Serioga dans son treillis noirci et rougi, ni de chars qui fumaient au milieu des arbres écorchés et humides de sang.

Il n'y sera pas question, non plus, du petit bassin d'eau vive, dans le bois renaissant à tous les bruits de l'été.

De Tatiana, il n'avait reçu, durant la guerre, que deux lettres brèves. Elle écrivait à la fin de chacune d'elles : «Mes amies de guerre Lolia et Katia t'envoient un salut chaleureux.» Ces lettres, enveloppées dans un morceau de toile de tente, il les gardait au fond de son sac. De temps en temps il les relisait jusqu'à connaître par cœur leur contenu naïf. Ce qui le réjouissait, c'était d'abord l'écriture elle-même, la vision de ces triangles [1] de papier froissé.

La victoire le trouva en Tchécoslovaquie. Le 2 mai, le drapeau rouge fut planté sur le Reichstag. Le 8 mai, Keitel, l'œil rageur sous le monocle, signa l'acte de capitulation sans conditions de l'Allemagne. Le lendemain, l'air vibra des salves de la Victoire, et l'après-guerre commença.

Cependant le 10 mai, le Héros de l'Union soviétique, le sergent-chef de la Garde Ivan Demidov, cherchait toujours dans son viseur les silhouettes noires des chars et encourageait les soldats en hurlant ses ordres d'une voix cassée. En Tchécoslovaquie, les Allemands ne déposèrent pas les armes avant la fin du mois de mai. Et, comme des balles perdues, des «pokhoronka [2]» volaient vers la Russie qui avait pu croire qu'après le 9 mai personne ne mourrait plus.

Enfin cette guerre s'acheva à son tour.

Deux jours avant la démobilisation, Ivan reçut une lettre. Comme toutes les lettres rédigées à la demande de quelqu'un, elle était un peu sèche et embrouillée. En outre, elle avait mis plus d'un mois à le rejoindre. Il lut qu'en avril Tatiana avait été grièvement blessée, s'était remise de l'opération et se trouvait actuellement à l'hôpital de Lvov.

1. La correspondance de guerre était pliée en forme de triangle.
2. Avis de décès venant du front.

Ivan scruta longuement le feuillet écrit d'une main hâtive. «Grièvement blessée…», répétait-il, en sentant en lui quelque chose se crisper. «Le bras? La jambe? Pourquoi ne pas s'exprimer clairement?»

Mais à la pitié s'ajoutait un autre sentiment qu'il ne voulait pas s'avouer.

Il avait déjà changé les pièces d'or de cent shillings autrichiens contre des roubles, déjà respiré l'air de cette Europe détruite mais toujours policée et confortable. Sur sa vareuse brillait l'Étoile d'or, scintillait l'émail grenat de deux autres ordres et l'argent bleuté des médailles «Pour la bravoure». Et dans la traversée des villes libérées il sentait sur lui les regards admiratifs des jeunes filles qui lançaient des bouquets sur les chars.

Il rêvait déjà de se retrouver le plus vite possible dans un wagon de marchandises, parmi ses compagnons démobilisés, dans l'odeur aigre du tabac, de regarder par les parois grandes ouvertes la verdure éclatante de l'été, de courir aux arrêts pour chercher l'eau bouillante. Il avait en plus de son sac un petit coffre en bois renforcé par des coins d'acier. Dedans, un coupon d'une lourde étoffe moirée, une demi-douzaine de montres-bracelets trouvées dans une boutique dévastée, et surtout un grand rouleau d'excellent cuir pour faire des bottes. La seule odeur de ce cuir aux fines rayures lui tournait la tête. Et quand on imaginait les bottes crissantes qu'on mettrait pour se promener dans la rue du village en faisant tinter ses décorations… Et justement son camarade de régiment l'invitait à s'installer chez lui, en Ukraine. Mais avant? Ce serait une idée de rendre d'abord visite aux proches restés en vie, avant d'aller chercher fortune dans un endroit neuf. «Là-bas, je pourrais trouver une belle fille, et puis les gens y sont beaucoup plus riches et généreux...»

De nouveau il relisait cette lettre et la même voix lui soufflait : «J'ai promis... j'ai promis... Enfin quoi! On n'est pas marié à l'église! Bien sûr, je me suis un peu trop avancé... mais c'était la situation qui voulait ça! Et maintenant, quoi? il faudrait que je m'engage pour toute la vie? On n'y comprend rien à cette lettre. Que le diable la débrouille! "Grièvement blessée..." qu'est-ce que ça veut dire? En fin de compte, c'est une femme dont j'ai besoin, pas d'une invalide!»

Très profondément en lui perçait une autre voix : «Va donc, eh! Héros! Un minable, oui, un phraseur. Tu étais fichu sans elle. Tu serais en train de pourrir dans une fosse commune, à gauche un Fritz, à droite un Russe...»

Enfin Ivan décida : «Bon! On y va. De toute façon, c'est pratiquement sur mon chemin. Je serai correct, j'irai la voir. Je lui dirai merci une fois de plus. Je lui expliquerai "Voilà, c'est comme ça..."» Et il décida de réfléchir à ce «comme ça» en chemin.

Lorsqu'il entra dans la salle de l'hôpital, il ne la remarqua pas tout de suite. La sachant grièvement blessée, il l'imaginait couchée, pleine de pansements, immobile. Il n'avait pas pensé que la nouvelle remontait à deux mois.

— La voilà, votre Tatiana Averina, dit l'infirmière qui le guidait. Ne restez pas trop longtemps. Le repas est dans une demi-heure. Vous pouvez aller dans le petit jardin.

Tatiana était debout devant la fenêtre, laissant pendre la main dans laquelle elle tenait un livre.

— Bonjour, Tatiana, dit-il d'une voix un peu trop enjouée, en lui tendant la main.

Elle ne bougea pas. Puis posant le livre sur le rebord de la fenêtre, elle lui donna maladroitement la main gauche. Son bras droit était bandé. De tous les lits, des regards curieux les fixaient. Ils descendirent dans le petit jardin poussiéreux et s'assirent sur un banc à la peinture écaillée.

— Alors, ta santé ? Comment vas-tu ? Raconte, dit-il de la même voix trop joyeuse.

— Qu'est-ce que je peux te raconter ? Tu vois. Juste à la fin, j'ai été touchée.

— Quoi, touchée, touchée… Tout cela ce n'est rien du tout. Et cette infirmière qui parlait d'une blessure grave ! Moi je pensais que…

Il perdit contenance et se tut. Elle lui jeta un regard soutenu.

— J'ai un éclat sous la cinquième côte, Vania. Ils n'osent pas y toucher. Le médecin dit que cet éclat, c'est peu de chose — une pointe de cordonnier. Mais si on commence à trifouiller, ça risque d'être pire. Si on n'y touche pas, il restera peut-être tranquille.

Ivan sembla vouloir dire quelque chose, poussa seulement un soupir et commença à rouler une cigarette.

— Voilà… On peut donc dire que je suis une

invalide. Le médecin m'a avertie : je ne pourrai plus rien soulever de lourd. Et plus question d'avoir des enfants…

Puis se rattrapant de peur qu'il y voie une allusion, elle parla très vite :

— J'ai le sein gauche tout couturé. Ce n'est pas beau à voir. Et à la main droite, j'ai trois doigts en moins.

Les lèvres serrées, il chassa la fumée de sa cigarette. Tous deux se taisaient. Enfin, ce qu'elle avait longuement mûri pendant de longues journées de convalescence, elle le laissa tomber avec un soulagement amer :

— Voilà, Ivan, c'est ainsi… Merci d'être venu. Mais ce qui est passé est passé. Quelle femme serais-je pour toi, maintenant ? Tu en trouveras une en bonne santé. Parce que moi… Je n'ai même plus le droit de pleurer. Le médecin me l'a dit carrément, pour moi, les émotions, c'est encore pire que de porter trop lourd — le clou pique et le cœur est fichu…

Ivan la regardait du coin de l'œil. Elle était assise, tête baissée, sans détacher son regard du sable gris de l'allée. Son visage semblait si serein… Seule une petite veine bleutée battait sur sa tempe, à la naissance des cheveux coupés court. Ses traits s'étaient affinés et comme éclairés. Tellement différente des filles éclatantes aux joues roses qui jetaient des bouquets sur les chars.

« Elle est belle, pensa Ivan. Si ce n'est pas malheureux ! »

— Mais non ! Tu as tort de le prendre comme ça ! reprit-il. Qu'est-ce que tu as à te décourager ?

Tu vas te rétablir. Une belle robe, et des fiancés tu en trouveras autant que tu en voudras !

Elle lui jeta un regard rapide, se leva et lui tendit la main.

— Eh bien, Vania, c'est l'heure du repas. Encore une fois, merci d'être venu...

Il franchit les grilles de l'hôpital, descendit une rue, puis brusquement rebroussa chemin. « Je vais lui laisser mon adresse, pensa-t-il. Qu'elle puisse m'écrire. Ça sera moins dur pour elle. »

Il pénétra dans l'hôpital et commença à monter l'escalier.

— Vous avez oublié quelque chose ? lui lança gentiment la gardienne.

— Oui, c'est ça, j'ai oublié quelque chose.

Tatiana n'était pas dans la salle, à la cantine non plus. Il voulut redescendre pour demander à la gardienne. Mais à ce moment-là, dans un recoin, derrière un pilier, il reconnut sa robe de chambre.

Elle pleurait silencieusement, par crainte de l'écho entre les étages. Derrière le pilier, une fenêtre étroite donnait sur le petit jardin et les grilles de l'hôpital. Il s'approcha, la prit par les épaules et dit d'une voix altérée :

— Qu'est-ce qui se passe, Tania ? Tiens, voilà mon adresse. Tu vas m'écrire...

À travers ses larmes, elle fit non de la tête et murmura dans un hoquet :

— Non, non, Vania. Ce n'est pas la peine. Ne t'encombre pas de moi... À quoi est-ce que je peux te servir ?

Elle sanglota encore plus amèrement, tout

comme une enfant, se retourna vers lui et colla son front sur le métal froid des médailles. Cette fragilité, ces larmes enfantines remuèrent soudain quelque chose en lui et firent surgir une crânerie joyeuse.

— Écoute, Tania, demanda-t-il en la secouant légèrement par les épaules, quand est-ce qu'on te signe ton bon de sortie ?

— Demain, murmura-t-elle, ivre de larmes et de malheur.

— Eh bien, demain je t'emmène. On ira chez moi, et là on se mariera.

Elle continuait à faire non de la tête. « À quoi est-ce que je peux te servir ? »

Mais lui, sans se demander si c'était un coup de tête ou un coup de cœur, heureux, ordonna en riant :

— Silence dans les rangs ! Exécution !

Puis, se penchant, il lui dit à l'oreille :

— Tu sais, Tania, je t'aimerai encore davantage avec ta blessure !

Son village natal, Goritsy, était presque désert. On voyait se dresser les ruines noires des isbas et les perches inutiles des puits abandonnés. Le chef du kolkhoze, au visage émacié d'un saint d'icône, les accueillit comme des proches. Ils allèrent ensemble à l'endroit où les Demidov avaient vécu avant la guerre.

— Eh bien, voilà, Ivan ! Il va falloir rebâtir. Les hommes, pour le moment, il n'y en a plus que quatre, toi compris. Il y a un cheval qui vaut ce qu'il vaut. Mais c'est toujours ça. Je crois qu'avant l'automne on pourra pendre la crémaillère.

— Ce qu'il faut d'abord, Stépanytch, c'est nous marier, dit Ivan en regardant les restes patinés de l'isba paternelle.

Le mariage fut célébré au soviet du kolkhoze. Tous ceux qui vivaient à Goritsy — douze personnes — étaient là. Les jeunes mariés étaient assis, un peu gauches et solennels, sous le portrait de Staline. On buvait du samogon, cette rude vodka faite au village. On criait «Gorko[1]!» Puis les femmes, avec des voix un peu désaccordées, comme si elles en avaient perdu l'habitude, se mirent à chanter :

> Quelqu'un descend de la colline,
> C'est sûrement mon bien-aimé.
> Comme il est beau ! Dans ma poitrine
> Mon cœur s'affole, mon cœur pâmé.
>
> Il a sa vareuse kaki,
> Étoile rouge, galons dorés.
> Pourquoi au chemin de ma vie
> Ah ! pourquoi l'ai-je rencontré ?

La nuit dense de l'été s'épaississait derrière les fenêtres sans rideaux. Sur la table brillaient faiblement deux lampes à pétrole. Et ceux qui étaient réunis dans cette isba perdue au cœur de la forêt chantaient, riaient ; et ils pleuraient aussi, heureux pour les jeunes mariés, amers de leur

1. Cri joyeux invitant les mariés à s'embrasser.

vie brisée. Ivan portait sa vareuse bien lavée, avec toutes ses décorations ; Tatiana, un corsage blanc. C'était le cadeau d'une grande femme au teint basané qui vivait dans les décombres d'une isba, au fond du village.

— Voilà pour toi, la fiancée, avait-elle dit d'une voix rêche, c'est pour tes noces. Quand tu es arrivée, on croyait que tu étais une fille de la ville. On disait : « En voilà une qui a décroché Ivan, un beau parti, et un Héros en plus. » Puis il nous a raconté ton histoire. Va, porte-le pour être belle. Je l'ai coupé moi-même. Je savais que tu aurais de la peine, avec ta main. Ma mère avait gardé le tissu pour son enterrement. C'était tout brodé de croix sur les bords. Elle le gardait dans un petit coffre, à la cave. Quand les Allemands ont brûlé le village, ma mère a brûlé aussi. Plus besoin du drap. J'ai fouillé les cendres et dedans j'ai trouvé ce coffre, intact ! Va, porte-le, ça t'ira à merveille. C'est de bon cœur...

Vers la fin du mois d'août, à côté des décombres, on vit s'élever la charpente de la nouvelle isba, répandant la senteur de résine du bois frais. Ivan commença à couvrir le toit. De la petite cabane où ils vivaient, ils déménagèrent dans le coin de l'isba qui était déjà couvert. Le soir, tombant de fatigue, ils s'allongeaient sur du foin odorant répandu sur les planches de bois clair.

Couchés dans l'obscurité, ils regardaient à travers la charpente du toit jaillir et filer dans une glissade fulgurante des étoiles de fin d'été. À travers le village, au-dessus du sol, flottait l'odeur bleue et légère d'un feu de bois dans un potager. Une souris faisait entendre dans un coin son grattement déjà familier. Le silence était à ce point intense que l'on croyait entendre les étoiles filantes effleurer le ciel. Et dans un coin, au-dessus d'une table, on entendait le tic-tac d'un vieux carillon à poids. Ivan l'avait trouvé dans les décombres, couvert de suie et de rouille, les aiguilles figées à une heure terriblement lointaine.

Ils prirent lentement l'habitude l'un de l'autre. Elle ne tressaillait plus quand la main calleuse d'Ivan touchait sur sa poitrine la cicatrice profonde. Lui ne remarquait même plus cette cicatrice ni son petit poing mutilé. Une fois, elle retint sa main et la passa sur les bourrelets de la plaie.

— Tu vois, c'est là, dans ce petit creux, qu'il s'est logé. Le diable l'emporte !

— Oui, il a mordu profond.

Ivan l'attira à lui et chuchota à son oreille : « Ce n'est pas grave. Tu me feras un fils et tu lui donneras le sein droit. Le lait, c'est le même... »

À l'automne, l'isba était achevée. Un peu avant la première neige ils récoltèrent les pommes de terre plantées tardivement, ainsi que quelques légumes.

La neige tomba, le village s'assoupit. De temps en temps seulement, on entendait le tintement d'un seau dans le puits et la toux du vieux chien dans la cour du chef du kolkhoze.

Le matin, Ivan allait au soviet, puis à la forge.

Avec les autres hommes il réparait les outils pour les travaux du printemps. À son retour, il se mettait à table avec Tania. Il soufflait sur une pomme de terre brûlante et craquelée, jetait sur sa femme des regards rapides, sans pouvoir dissimuler un sourire. Tout lui apportait une joie secrète. C'était propre et paisible, dans leur isba neuve. On entendait le bruit régulier du carillon. Derrière les vitres couvertes de cannelures givrées se couchait un soleil mauve. Et près de lui était assise sa femme qui attendait un enfant, embellie, un peu solennelle, plus attirante encore dans cette gravité douce et paisible.

Après le repas, Ivan aimait parcourir lentement les pièces de l'isba, écoutant le craquement des planches. Il tapotait les parois blanches du poêle en répétant : «Tu sais, Taniouchka, on aura toute une nichée d'enfants. Et dans nos vieux jours, nous nous réchaufferons sur ce poêle. C'est vrai, regarde. Ce n'est pas un poêle, c'est un vrai navire. La léjanka est encore mieux que l'ancienne. »

L'hiver sévissait. Les puits étaient gelés jusqu'au fond. Les oiseaux, figés en plein vol, tombaient en petites boules inertes. Un jour, sur le seuil de la maison, Tania ramassa un de ces oiseaux et le posa sur un banc, près du poêle. «À la chaleur, il va peut-être se remettre», pensat-elle. Mais le petit oiseau ne bougea pas. Simplement sur ses plumes le givre brilla en fines gouttelettes.

En avril, ils eurent leur fils. « Comme il te ressemble, Ivan, dit Vera, la femme au teint basané. Ce sera aussi un Héros. » Elle avait apporté l'enfant qui criait et le tendait à son père.

Vers le soir, Tania commença à étouffer. On ouvrit la fenêtre pour laisser entrer le froid crépuscule d'avril. Vera lui donna à boire une tisane, mais rien ne la soulageait. Le médecin le plus proche habitait dans un village, à dix-huit kilomètres. Ivan mit sa capote et partit en courant sur la route défoncée. Il ne rentra qu'au petit matin. Pendant tout le trajet il avait porté sur son dos le vieux médecin.

Les piqûres et les potions soulagèrent Tania. Ivan et le médecin, tous deux ivres de fatigue après cette nuit blanche, s'assirent pour boire du thé. Vera apporta un petit pot de lait de chèvre, le chauffa et nourrit l'enfant.

Avant de prendre la route, le médecin but un petit verre de samogon et dit : « Bon, vous lui donnerez cette poudre si jamais le cœur flanche. Mais normalement, avec un éclat comme ça, elle n'aurait pas dû avoir d'enfant, pas même pétrir la pâte... Mais je sais, je sais, soldat... quand on est jeune... je l'ai été moi aussi ! » Il jeta à Ivan un clin d'œil complice et se dirigea vers la grand-route.

Ils appelèrent leur fils Kolka, comme le petit frère d'Ivan tué par les Allemands.

Au printemps, par une fâcheuse coïncidence, l'unique cheval du kolkhoze mourut juste avant les labours. Les derniers temps, on n'avait eu rien d'autre à lui donner que de la paille pourrie et des tiges desséchées.

Un matin on vit arriver à Goritsy, dans une jeep cahotante, le responsable régional du Parti, secrétaire du Raïkom[1]. À peine avait-il sauté de sa voiture qu'il fondit sur le chef du kolkhoze.

— Alors, on fait du sabotage, fils de pute? Tu veux foutre en l'air le plan céréalier de la région? Je te préviens, pour une affaire comme ça, on fusille les gens comme ennemis du peuple!

Il inspecta tout le kolkhoze, jeta un coup d'œil sur la forge et sur l'écurie. «Où est le cheval? demanda-t-il. Quoi? Mort? Je t'en foutrai, moi, des "Il est mort…" Saboteur!»

Ils se rendirent dans les champs. Le secrétaire du Parti continuait à vitupérer. «Ah! il lui manque des terres pour les semailles… Il se plaint toujours, ce fils de chien. Et ça, c'est quoi? Ce n'est pas de la terre? Pourquoi n'as-tu pas encore enlevé les pierres? Des terrains comme ça, chez toi, koulak[2], c'est de la terre perdue!»

Ils s'étaient arrêtés près d'un champ argileux qui descendait vers la rivière. Il était parsemé de gros cailloux blancs. «Pourquoi n'enlèves-tu pas ces pierres? hurla de nouveau le secrétaire. C'est à toi que je parle, hein!»

Le chef du kolkhoze, qui jusque-là n'avait pas ouvert la bouche, machinalement, de son unique main, rentra sous la ceinture la manche vide de

1. Comité de district du P.C.
2. Paysan aisé considéré comme un ennemi du pouvoir soviétique sous Staline.

sa vareuse. D'une voix enrouée il dit : « Ce ne sont pas des pierres, camarade secrétaire… »

— C'est quoi, alors ? hurla l'autre. C'est peut-être par hasard des betteraves à sucre qui ont poussé toutes seules ?

Ils s'étaient approchés. Ils virent alors que les cailloux blancs étaient des crânes humains.

— C'est là que les nôtres ont essayé de briser l'encerclement, dit d'une voix sourde le chef du kolkhoze. Ils ont été pris dans un feu croisé…

Le secrétaire s'étrangla de fureur et siffla : « Tu me racontes tout le temps des histoires. Il y a un joli ramassis de Héros dans le coin ! Vous êtes tous des planqués, ici, derrière vos exploits passés ! »

Ivan, le visage terreux, s'avança vers lui, le saisit par le revers de sa veste de cuir noir et lui cria dans les yeux :

— Pourriture ! Les salauds comme toi, au front, je les descendais à la mitraillette. Répète voir un peu, à propos des Héros…

Le secrétaire poussa un cri aigu, s'arracha à Ivan et se jeta dans la voiture. Il passa la tête par la portière et dans le bruit du moteur cria :

— Prends garde, le chef ! Tu réponds du plan sur ta tête. Et toi, Héros, on se retrouvera.

La voiture fit gicler la boue printanière et sauta sur les ornières.

Silencieux, ils retournèrent au village. L'odeur âcre et fraîche de l'humus arrivait de la forêt où la neige avait fondu. Sur les petites collines poussaient déjà les premières herbes. En le quittant, le chef du kolkhoze dit à Ivan :

— Vania, tu as eu tort de le secouer. Tu sais, comme on dit, ne touche pas à la merde, elle ne puera pas. Quant à nous, de toute façon, demain il faut commencer à labourer. Et pas à cause des ordres de cet abruti…

Le lendemain, Ivan s'avançait, pesant sur la charrue, trébuchant dans les ornières, glissant sur les mottes luisantes. La charrue, à l'aide de cordes fixées au timon, était tirée par deux femmes. À droite marchait Vera dans de grandes bottes affaissées qui ressemblaient, à cause de la boue, à des pieds d'éléphant. À gauche, l'amie d'enfance d'Ivan, Lida. Elle portait encore sa jupe d'écolière qui lui découvrait le genou.

La matinée était limpide et ensoleillée. Affairées, les corneilles s'envolaient et se posaient sur les labours. Voletant, hésitant et fragile, brilla dans un bref frémissement jaune le premier papillon.

Ivan regardait le dos et les pieds des deux femmes qui progressaient péniblement. Parfois le soc s'enfonçait trop profondément. Les femmes s'arc-boutaient sur les cordes. Ivan remuait alors les poignées de la charrue, essayant de les aider. Le soc d'acier fendait la terre, s'en arrachait, et ils continuaient leur marche. Et de nouveau Ivan voyait les pieds d'éléphant et les vestes roussies par le soleil et la pluie. «La guerre, pensa-t-il, tout vient de là… Lidka, par exemple, à peine mariée, et déjà son mari expédié au front. Tout de suite en première ligne, dans le hachoir. Un mois après, le pokhoronka; la voilà veuve. Veuve à dix-neuf ans. Ah! Misère de misère! Et comme elle est devenue vieille! À ne pas la reconnaître. Et ces varices! comme des cordes noires sur ses jambes. Elle chantait si bien! Les vieux descendaient de leur poêle pour l'écouter, tandis que nous, jeunes idiots, on se bagarrait comme des coqs à cause d'elle...»

Ils s'arrêtèrent au bout du sillon et se redressèrent. «Repos, les filles! dit Ivan. On va déjeuner.» Ils s'assirent par terre, sur l'herbe sèche et cassante de l'an passé, déballèrent d'un torchon leur maigre repas. Sans hâte ils se mirent à manger.

On était au printemps. Les attendait la grande sécheresse de l'année 1946.

Dès le mois de mai, on en était à faire bouillir les arroches[1], à y jeter un petit morceau de lard rance, et on mangeait cette bouillie en essayant de tromper sa faim.

En juin, le vent brûlant des steppes se mit à souffler. L'herbe fraîche commença à sécher et les feuilles à tomber. Le soleil calcinait le jeune blé, asséchait les ruisseaux, abattait les gens affamés qui venaient aux champs. Même les fraises des bois que l'on trouvait à l'orée de la forêt s'étaient durcies en petites boules sèches et amères.

---

1. Plante à demi sauvage que l'on trouve en Russie sur le bord des chemins.

L'un des paysans de Goritsy s'était entendu avec le chef du kolkhoze pour aller voir dans les villages voisins ce qui se passait. Il revint cinq jours plus tard, décharné, le regard vide et, très bas, comme s'il avait peur de sa propre voix, se retournant sans cesse, se mit à raconter :

— À Bor, il n'y a plus que deux hommes en vie. À Valiaevka, c'est désert. Personne pour creuser les tombes ; les morts restent dans les isbas… Ça flanque la frousse de rentrer là-dedans. Chaque fois qu'on pousse une porte, c'est l'horreur. Hier, j'ai rencontré un paysan sur la grand-route. Il allait à la ville, poussé par la faim. Il m'a dit que chez lui on mangeait les morts, comme dans les années 20 sur la Volga…

Les derniers temps, Ivan avait peur de regarder sa femme. Elle ne se levait presque plus. Allongée avec le bébé, trempant son doigt dans une bouillie d'arroche et de vieux croûtons, elle essayait de le nourrir. Son visage se marquait de taches brunes et sèches ; autour des yeux brûlaient des cernes noirs. Kolka bougeait à peine sur sa poitrine. Il ne criait même plus, mais poussait seulement de petits gémissements, comme un adulte. Ivan lui-même avait beaucoup de peine à tenir sur ses jambes. Enfin, un jour, se réveillant au petit matin, il pensa avec une lucidité mortelle : « Si je ne trouve rien à manger, on crèvera tous les trois. »

Il embrassa sa femme, mit dans la poche de sa vareuse deux montres en or, prises de guerre, qu'il espérait troquer contre du pain. Et il se dirigea vers la grand-route.

Le village était mort. Fournaise de midi. Silence sec et poussiéreux. Pas âme qui vive. Seule, au-dessus de la porte du soviet, hurlait la musique du haut-parleur noir. Cette radio avait été amenée par le secrétaire du Raïkom qui avait ordonné de la brancher le plus souvent possible «pour accroître la conscience politique des kolkhoziens». Mais maintenant la radio hurlait simplement parce qu'il n'y avait personne pour l'arrêter.

Et du matin au soir, délirant de faim et serrant contre elle le petit corps de son enfant à grosse tête, Tatiana écoutait les marches de bravoure et la voix du commentateur prête à exploser de joie. Il rapportait les performances de travail des Soviétiques. Ensuite, la même voix, mais sur un ton dur et métallique, criblait de critiques les ennemis qui avaient dénaturé le marxisme, et fustigeait les agents de l'impérialisme.

Ce jour-là, le dernier avant sa longue prostration, dans la chaleur étouffante de midi, Tatiana entendit la chanson à la mode qu'on passait chaque jour. Les mouches noires sonnaient sur les vitres, le village se taisait, écrasé de soleil, et coulait cette chanson douce et tendre comme le loukoum :

À l'entour, tout devient bleu et vert.
À chaque fenêtre chantent les rossignols.
Il n'y a pas d'amour sans un brin de tristesse...

Ivan marchait à grands pas. Dans son vieux sac il rapportait deux pains noirs, un cornet de millet, une douzaine d'oignons et, enveloppé dans un bout de drap, un morceau de lard. Mais le plus précieux, le litre de lait qui avait tourné depuis longtemps, il l'avait entre les mains. « Avec ça, on va nourrir le gosse, et après on verra… », pensait-il.

Au-dessus des champs flottait une chaleur sèche et épaisse, comme échappée de la gueule d'un four. Un soleil de cuivre brûlant s'enfonçait derrière la forêt, mais on ne sentait guère la fraîcheur du soir.

Il traversa le village désert, inondé de la lumière violette du soleil couchant. Il était parti depuis quatre jours. Au-dessus du soviet la radio continuait à hurler.

En franchissant le seuil, il eut le pressentiment d'un malheur. Il appela sa femme. On n'entendait que le bruissement incessant des mouches. La demi-obscurité de l'isba était traversée par un fin rayon doré. Ivan se précipita dans la chambre. Tatiana était allongée sur le lit, l'enfant dans ses bras, et paraissait dormir. Il souleva en hâte la couverture et colla son oreille sur la poitrine. Sous la rude cicatrice il entendit imperceptiblement battre le cœur. Il poussa un soupir de soulagement. « Eh bien ! Je suis arrivé à temps… » Puis il toucha l'enfant. Le petit corps froid et rigide avait déjà un reflet cireux. Derrière la fenêtre la voix douce déversait avec application :

> *À l'entour, tout devient bleu et vert.*
> *Dans la forêt chantonne le ruisseau.*
> *Il n'y a pas d'amour sans un brin de tristesse…*

Ivan bondit hors de la maison et courut vers le Soviet. Aveuglé par les larmes, il se mit à jeter des pierres dans le disque noir du haut-parleur. Il n'arrivait pas à l'atteindre. Enfin touché, le haut-parleur couina et se tut. Un silence vertigineux s'installa. Seul, quelque part au bord de la forêt, comme une mécanique, le coucou lançait son cri lancinant et plaintif.

Le lendemain Tatiana put se lever. Elle sortit sur le pas de la porte et vit Ivan qui clouait les planches de sapin du petit cercueil.

Après avoir enterré leur fils, ramassant leurs maigres bagages, ils prirent le chemin de la gare. Ivan avait appris que dans la bourgade de Borissov, à une centaine de kilomètres de Moscou, on embauchait des chauffeurs pour la construction de la centrale hydroélectrique et qu'on leur fournissait des logements.

C'est ainsi qu'ils s'installèrent dans la région de Moscou. Ivan se retrouva sur un vieux camion dont les ridelles portaient une inscription à la peinture écaillée : « Nous aurons Berlin ! » Tatiana alla travailler à la fabrique de meubles.

Et les jours, les mois, les années se succédèrent, calmes et sans histoires. Ivan et Tania étaient contents de voir leur vie prendre ce train ordinaire et paisible. Celui de tout le monde, des braves gens. On leur avait donné une chambre dans un appartement communautaire. Il y avait déjà deux familles, les Fedotov et les Fedorov. Et dans la petite chambre à côté de la cuisine logeait Sofia Abramovna.

Les Fedotov, un couple encore jeune, avaient trois fils, des écoliers que le père battait fréquemment et consciencieusement. Quand les parents étaient au travail, les garnements décrochaient du mur le lourd vélo du père et dans un vacarme d'enfer, écrasant les chaussures des locataires, roulaient à travers le long et sombre couloir où flottait une odeur persistante et aigre de vieux bortch.

Les Fedorov étaient presque deux fois plus âgés que les Fedotov. Leur fils avait été tué juste avant la fin de la guerre, et la mère vivait dans l'espoir que le pokhoronka avait été envoyé par erreur : les Fedorov sont si nombreux en Russie ! Secrètement elle espérait qu'il avait été fait prisonnier et que d'un jour à l'autre il allait revenir. Fedorov père avait lui-même fait la guerre du premier au dernier jour et ne se faisait aucune illusion. Parfois, quand il avait bu, n'y tenant plus, excédé par l'attente quotidienne de sa femme, il criait à travers tout l'appartement : « Mais oui, compte làdessus, il va revenir. Et s'il rentre de captivité, ce n'est pas chez toi qu'il retournera, mais derrière l'Oural, et même encore plus loin[1] ! »

---

1. « Dans mon armée, je n'ai pas de prisonniers de guerre. » La formule de Staline donna lieu à une pratique généralisée : tout militaire soviétique revenant de captivité était envoyé dans les camps. Les militaires prisonniers à la suite d'une blessure ou qui avaient réussi à s'évader subissaient le même sort.

Sofia Abramovna appartenait à la vieille intelligentsia moscovite. Dans les années 30, on l'avait envoyée dans un camp et on ne l'avait relâchée qu'en 46, avec l'interdiction de résider à Moscou et dans une centaine d'autres villes. Pendant cette dizaine d'années de camp, elle avait vécu ce que la parole humaine était impuissante à rendre. Mais ses voisins le devinaient. Quand une querelle éclatait dans la cuisine, Sofia n'essayait pas de se tenir à l'écart, mais s'indignait et jurait avec des mots surprenants. Parfois elle lançait à ses adversaires des formules méprisantes dans leur extrême politesse : «Je vous remercie très humblement, citoyen Fedorov. Vous êtes infiniment courtois.» D'autres fois, elle sortait tout à coup un mot du vocabulaire des camps : «Écoutez, Fedotov, vous avez encore fait le "chmon[1]" dans mon buffet. Pas la peine de fouillasser. Y a pas d'alcool.»

Mais même au plus fort de ces querelles communautaires, les yeux de Sofia restaient tellement absents que c'était clair pour tout le monde : elle était encore là-bas derrière l'Oural. C'est pourquoi se disputer avec elle n'offrait pas d'intérêt.

Bon gré mal gré, les Demidov se trouvaient entraînés dans ces conflits. Mais leur rôle se bornait le plus souvent à jouer les conciliateurs entre Fedorov et Fedotov qui se bagarraient, et à calmer les femmes qui sanglotaient bruyamment.

Pour eux tous, la vie aurait un peu manqué de

---

1. Fouille (argot des camps).

sel sans ces altercations. Après les disputes, les voisins se croisaient pendant trois jours sans se saluer et se faisaient la tête. Puis ils se réconciliaient autour d'une table commune et, après avoir bu de la vodka, commençaient à s'embrasser, à se jurer amitié et, les larmes aux yeux, à se demander pathétiquement pardon. Les Fedotov avaient un vieux tourne-disque. Ils le descendaient dans la cour, le mettaient sur un tabouret et, dans le crépuscule mauve du printemps, se rassemblaient tous les habitants de leur petite maison. Ils piétinaient au son d'un tango langoureux, oubliant pour une heure les queues matinales aux cabinets communautaires, les accrochages au sujet d'un morceau de savon disparu, oubliant tout ce qui était leur vie.

Ces soirées plaisaient aux Demidov. Tania mettait la blouse blanche de son mariage, Ivan jetait sur ses épaules une veste avec la brochette de ses décorations. Et ils dansaient ensemble, se souriant, se laissant griser par la douce rêverie des paroles :

Te souviens-tu de nos rencontres
Et de cette soirée d'azur,
Des mots fiévreux et tendres,
Ô mon aimé, ô mon amour...

Les années coulaient, à la fois lentes et rapides. Insensiblement les fils Fedotov avaient grandi, devenant de jeunes gaillards à la voix de basse. Tous les trois s'étaient mariés et étaient partis ici ou là.

Certains disques avaient vieilli, d'autres devenaient à la mode. Et c'était déjà la jeune génération qui les faisait tourner sur le rebord des fenêtres, en commentant : « Ça, c'est Lolita Torrez... Et ça, c'est Yves Montand. »

Le seul événement qui était resté dans la mémoire d'Ivan durant ces années était la mort de Staline. Et d'ailleurs pas la mort elle-même, puisque ce jour-là, c'était clair, on avait bu et pleuré comme des fontaines, et c'était tout. Non, un autre jour, plus tard, déjà sous Khrouchtchev, quand on avait enlevé le monument de Staline. Pourquoi l'avoir choisi, justement lui, Demidov, pour ce travail ? Peut-être parce qu'il était Héros de l'Union soviétique ? Le chef de leur parc de véhicules l'avait convoqué. Ivan se retrouva avec les responsables du Parti. On lui expliqua de quoi il s'agissait. Il avait à prendre son Zis cette nuit-là et à faire des heures supplémentaires.

C'est ainsi qu'il avait gardé le souvenir de cette nuit de printemps. On travaillait dans l'obscurité, en éclairant le monument avec les seuls phares des voitures. Il tombait une petite pluie fine qui sentait les bourgeons amers de peuplier. La statue en fonte du Guide brillait comme du caoutchouc. La poulie de la grue commença à travailler : Staline se trouva suspendu en l'air, un peu de travers, se balançant lentement, fixant de son regard les gens qui s'agitaient sous lui. Et les ouvriers le tiraient déjà par les pieds vers la ridelle ouverte du Zis. Le chef d'équipe, près d'Ivan, poussa un grognement et dit à voix basse :

— Des fois, on était aplati en première ligne,

tellement arrosés qu'on ne pouvait pas décoller la tête de la terre. Ça sifflait, ça crachait dru comme un arrosoir. Le commissaire politique saute sur ses jambes, avec son petit revolver, tu sais, comme ces pistolets de gosse, et à peine a-t-il crié : « Pour la Patrie, pour Staline, en avant ! »… et ça nous arrachait, nom de Dieu ! On sautait et on courait… Eh ! les gars ! Dirigez la tête vers le coin, sans ça il n'entrera pas. Avance, avance un peu…

On sentait dans l'air un souffle nouveau, quelque chose de pétillant et de joyeux. À Moscou, paraît-il, les passions se déchaînaient. Ça bouillonnait dans la cuisine des hautes sphères. Ivan prit même goût à la lecture des journaux qu'il ne regardait jamais auparavant. Autour d'eux tout se détendait, se rajeunissait. Dans les journaux défilaient sans cesse des Fidel Castro barbus et souriants, des dessins de Noirs aux énormes dents blanches rompant les chaînes du colonialisme, les gueules sympathiques de Belka et Strelka, les premiers chiens cosmonautes. Tout cela donnait du goût à la vie et faisait renaître des espoirs joyeux. À son volant, Ivan fredonnait souvent la chanson qu'on entendait partout :

Cuba, mon amour,
Île à l'aurore de pourpre…

Et il semblait que Fidel et les Noirs des affiches se libérant du colonialisme étaient intimement liés à la vie de Borissov, à leur propre existence. Il

55

semblait que le monde allait tressaillir et qu'une fête sans fin allait commencer ici et sur la terre entière.

Pour couronner le tout Gagarine s'était envolé dans l'espace. Et au Congrès, Khrouchtchev assurait : « Le communisme sera édifié dans vingt ans. »

À la fin de cette année heureuse, dans la famille Demidov s'étaient produits deux événements importants. En novembre, ils avaient eu une fille. Et juste avant le nouvel an, ils avaient acheté un téléviseur Zaria.

À la maternité, le médecin dit à Ivan ; « Écoute, Ivan Dmitritch, tu as beau être un Héros chez nous, et toute la ville te connaît, je vais te parler franchement. Avec une blessure comme celle-là, on ne peut pas avoir d'enfant ! Pendant l'accouchement, le cœur a flanché trois fois... »

Mais le temps était à l'optimisme. On ne pensait à rien de fâcheux. La nuit du nouvel an, Ivan et Tania étaient assis devant la télévision, se tenant par l'épaule, et regardaient *La Nuit du carnaval* avec une Gourtchenko[1] jeune et piaillant joyeusement. Ils étaient parfaitement heureux. Dans la demi-obscurité, sur la table, brillait d'un éclat vert sombre une bouteille de champagne. Au-dehors, la neige crissait sous les pieds des passants. Chez les voisins, on entendait le brouhaha des invités. Derrière l'armoire, dans un petit lit de bois, dormait d'un sommeil silen-

---

1. Actrice soviétique bien connue du public depuis la fin des années 50.

cieux et appliqué leur nouveau-né. Ils l'avaient appelée Olia.

Au printemps de l'année suivante, ils reçurent un appartement individuel de deux pièces.

Durant ces années vint au monde et grandit toute une génération qui n'avait pas connu la guerre. Ivan était invité de plus en plus souvent à l'école de Borissov avant la fête du 9 mai, jour de la Victoire.

On l'appelait maintenant «Vétéran». Cela l'amusait. Il lui semblait que la guerre venait seulement de finir et qu'il était encore cet ancien sergent-chef de la Garde, récemment démobilisé.

À la porte de l'école il était accueilli par une jeune institutrice qui, avec un sourire radieux, le saluait et le conduisait dans la classe. Il la suivait, ses médailles tintant sur la poitrine, et il pensait : «Que le temps passe vite ! Il faut croire que je suis Vétéran pour de bon ! Elle pourrait être ma fille et elle est déjà institutrice ! »

Quand il entrait dans la salle bruyante, le silence se faisait. Les élèves se levaient, se jetaient des clins d'œil en chuchotant, regardaient ses décorations. L'Étoile d'or de Héros de l'Union soviétique leur en imposait. Un Héros, on n'en rencontre pas tous les jours !

L'institutrice prononçait alors quelques paroles de circonstance sur la grande fête nationale, sur les vingt millions de vies humaines sacrifiées pour l'avenir lumineux de ces élèves distraits par le soleil de mai, sur la devise «Personne n'est oublié, rien n'est oublié». Puis, donnant à sa voix un ton plus chaleureux et moins officiel, elle s'adressait à Ivan qui se tenait un peu raide derrière la table : «Respectable Ivan Dmitrievitch, sur votre poitrine brille la plus haute distinction de la Patrie, l'Étoile d'or de Héros de l'Union soviétique. Nous aimerions bien connaître votre participation à la guerre, vos exploits de combattant, votre contribution héroïque à la Victoire.»

Et Ivan, après s'être gratté la gorge, commençait son récit. Il savait déjà par cœur ce qu'il allait dire. Depuis le temps qu'on l'invitait, il avait compris ce qu'il fallait raconter pour que la classe reste attentive pendant les quarante minutes réglementaires, à la grande satisfaction de la jeune institutrice. Il savait même déjà qu'à la fin de son exposé — et il y aurait pendant quelques instants un silence tendu — elle se lèverait agilement et prononcerait les mots attendus : «Allez, mes enfants, posez vos questions à Ivan Dmitrievitch.» De nouveau s'écoulerait un silence gênant. Mais, obéissant au regard de l'institutrice, du premier rang se lèverait une resplendissante jeune fille, au tablier blanc comme de la crème fouettée, qui dirait, comme si elle récitait une leçon : «Respectable Ivan Dmitrievitch, parlez-nous, s'il vous plaît, des qualités de caractère que vous avez appréciées chez vos camarades de guerre.»

Après la réponse que personne n'écoutait plus se lèverait le garçon le plus présentable qui demanderait à Ivan, sur le même ton consciencieux, ce qu'il pouvait conseiller aux futurs défenseurs de la Patrie.

À la fin de cette manifestation patriotico-militaire se produisait souvent une diversion imprévue. Poussé par le chuchotement de ses camarades se levait du dernier rang un grand adolescent débraillé. Et sans préambule, il demandait en bafouillant : « Et quel était le blindage du Tigre allemand ? Plus épais ou moins épais que celui de notre T-34 ? » « Le canon, demande pour le canon... », lui soufflaient ses voisins. Mais lui, tout rouge, s'affalait déjà sur sa chaise, fier de sa belle question. Ivan lui répondait. La sonnerie retentissait et l'institutrice soulagée félicitait encore une fois le Vétéran et lui offrait trois œillets rouges, retirés d'un vase à l'eau trouble posé sur la table. Toute la classe impatiente se levait d'un bond.

En rentrant, Ivan Dmitrievitch avait toujours quelques regrets confus. Chaque fois il aurait voulu raconter une toute petite chose : cette forêt où il était entré après la bataille, et l'eau de la source qui lui avait renvoyé son visage.

Les journalistes venaient aussi le voir parfois, le plus souvent pour l'anniversaire du début de la bataille de Stalingrad. La première fois, profitant d'une question sur cette bataille, il se mit à tout raconter : Mikhalytch qui ne connaîtrait jamais ses petits-enfants, Serioga à l'air si serein et si insouciant dans la mort, le mitrailleur qui n'avait plus qu'un doigt à chaque main. Mais le journaliste, saisissant habilement le moment où Ivan reprenait son souffle, lui coupa la parole : «Ivan Dmitrievitch, et quel effet a produit sur vous "la Ville-Héros sur la Volga" en cette année de feu 1942 ? » Ivan fut interloqué. Dire qu'il n'a jamais vu Stalingrad, qu'il ne s'est jamais battu dans ses rues ? «Tout Stalingrad brûlait », répondit évasivement Ivan.

Ensuite il s'habitua à ce mensonge innocent et cela arrangeait bien les journalistes, car Staline, à cette époque, redevenait à la mode et «Stalingrad» sonnait bien. Parfois Ivan était surpris de constater que lui-même oubliait de plus en plus la guerre. Il ne parvenait plus à distinguer ses souvenirs anciens des récits pour les écoliers qu'il avait cent fois ressassés et des interviews aux journalistes. Et lorsqu'il évoquait un jour un détail qui passionnait les garçons «Eh oui, notre canon de 76 était formidable, mais il ne pouvait pas percer le blindage frontal du Tigre… », il pensait : «Mais est-ce que c'était vraiment comme ça ? Je l'ai lu peut-être dans les Mémoires du maréchal Joukov… »

La fille des Demidov, Olia, grandissait et allait à l'école. Elle connaissait déjà l'histoire lointaine du petit miroir, qui lui semblait fabuleuse et effrayante — son père couché dans un champ glacé, la tête ensanglantée ; sa mère, qu'elle ne parvenait même pas à imaginer, le choisissant parmi des centaines de soldats gisant tout autour. Elle savait qu'il y avait eu autrefois une bataille pour laquelle il avait reçu son Étoile — grâce à cela il pouvait acheter des billets de train sans faire la queue.

On lui avait parlé aussi de la blessure de sa mère qui lui interdisait de porter de grosses charges. Cela ne l'empêchait pourtant pas de transporter de grands panneaux de bois, et le père la grondait de son insouciance.

Quand Olia passa ses examens d'entrée à l'Institut des langues étrangères Maurice-Thorez, elle ressentit d'une façon tout à fait particulière la réalité de ce fabuleux passé de guerre. L'amie avec laquelle elle était venue à Moscou lui dit avec une jalousie mal dissimulée : « Toi, bien sûr, tu es certaine de passer. Toi, on te recevra rien qu'au vu de ton état civil — évidemment, la fille d'un Héros de l'Union soviétique... »

2

En 1980, au cours de l'été, Moscou était méconnaissable. On ne laissait pas entrer dans la capitale les habitants du reste du pays. La majorité des enfants était envoyée dans des camps de pionniers. Longtemps avant l'été on avait procédé à une purge sérieuse en chassant tous les «éléments antisociaux». On ne voyait plus de queues dans les magasins, ni de bousculades dans les autobus, ni la foule morne des provinciaux venant faire leurs achats avec de grands sacs.

On avait badigeonné à la hâte les coupoles des églises vétustes et appris aux miliciens à sourire et à dire quelques mots d'anglais.

Et les Jeux olympiques de Moscou commencèrent. On vit aller et venir les autobus emmenant les sportifs aux compétitions, errer les touristes étrangers qui s'interpellaient paresseusement dans les rues désertes, s'affairer les guides et les interprètes.

Tout le monde attendait de cet été, de ces Jeux, de cet afflux d'étrangers, quelque chose d'extraordinaire, une bouffée de vent frais, quelque bouleversement, presque une révolution. Le Moscou de Brejnev, telle une énorme banquise spongieuse au moment des crues printanières, aborda pendant quelques semaines cette vie occidentale bariolée, effritant contre elle son flanc gris, et pompeusement dériva plus loin. La révolution n'eut pas lieu.

Olia Demidova s'était plongée dans cette agitation olympique, se laissant saisir par un étourdissement frénétique et joyeux. Elle avait terminé sa troisième année à l'Institut et avait atteint en anglais et en français ce niveau où l'on est brusquement pris par une irrésistible envie de parler. Elle parlait déjà avec cette liberté hésitante de l'enfant qui commence à courir en jouissant de l'équilibre conquis.

Les interprètes ne dormaient presque plus. Mais leur jeunesse et leur excitation fébrile les tenaient debout. Le matin, c'était si agréable de sauter sur le marchepied du car, de voir les jeunes visages des sportifs, de répondre à leurs plaisanteries et puis de voler à travers les rues sonores de Moscou. Le soir, l'ambiance était tout autre. Dans le car chauffé par le soleil brûlant de la journée flottait l'odeur âcre des déodorants occidentaux et de mâles chairs musclées épuisées par l'effort. Les rues défilaient, et par les fenêtres du car s'engouffrait l'ombre fraîche du soir. Les hommes, affalés dans les fauteuils, échangeaient quelques propos nonchalants.

Olia, assise près du chauffeur dans un fauteuil tournant, leur jetait de temps en temps un regard. Ils lui faisaient penser à ces gladiateurs se reposant après le combat.

L'un d'entre eux, Jean-Claude, un jeune homme au type méditerranéen (elle travaillait avec une équipe française), était assis, la tête renversée et les yeux mi-clos. Elle devinait qu'à travers ses paupières baissées il la regardait. Il la regardait en souriant, et quand le car s'arrêta au village olympique devant leur pavillon, il descendit le dernier. Olia se tenait près de la porte du car et prenait congé de chacun des sportifs en leur souhaitant une bonne nuit. Jean-Claude lui serra la main et glissa négligemment, mais assez haut pour que cela soit entendu par le cerbère qui les accompagnait : «J'ai quelque chose à traduire. Peux-tu m'aider? C'est urgent.»

Olia se retrouva dans sa chambre, entourée de ces beaux objets convoités qui symbolisaient pour elle le monde occidental. Elle comprit tout de suite que la traduction n'était qu'un prétexte et qu'il allait se produire ce qui, il y a très peu de temps, lui semblait encore impensable. Pour faire taire sa peur, elle répétait comme une incantation : «Je m'en fiche. Ça m'est égal. Advienne que pourra... »

Quand Jean-Claude sortit de la douche, elle était déjà au lit. Tout nu, enveloppé dans un nuage épicé d'eau de Cologne, il traversa la chambre dans l'obscurité et jeta sur le rebord du balcon un polo ou une serviette-éponge. Puis il s'arrêta devant une grande glace sombre et, comme plongé dans ses réflexions, passa plusieurs fois les doigts dans ses cheveux humides sur lesquels jouait l'éclat bleu d'un réverbère. Sa peau brillait aussi d'un reflet noir et luisant. Il ferma la porte du balcon et se dirigea vers le lit. Il sembla à Olia que doucement, comme une construction en mousse synthétique, s'effondrait le plafond.

Après la troisième nuit, au petit matin, elle eut à peine le temps de sortir du bâtiment que surgit devant elle le responsable des interprètes. Sans la saluer, il aboya : «Toi, au moins, tu sais joindre l'utile à l'agréable! Alors, je dois te sortir des couvertures pour t'envoyer au boulot? Mais qu'est-ce que c'est ici? Un bordel ou les Jeux olympiques? File au comité d'organisation. Ils vont s'occuper de tes affaires!»

Olia pendant ces trois jours avait été si sauvagement heureuse qu'elle n'avait même pas pensé à trouver une justification ou à mettre au point une version crédible. Le soir de leur dernier rendez-vous, Jean-Claude était ivre de bonheur. Il avait eu la deuxième place et décroché une médaille d'argent. Il buvait, parlait beaucoup et la regardait d'un œil un peu fou. Il était question d'une firme avec laquelle il avait un contrat et d'un centre sportif qu'il pourrait maintenant ouvrir. Sans aucune gêne il parlait d'argent. Il était si excité en racontant cela qu'Olia lui dit en riant : «Écoute, Jean-Claude, on dirait que tu es dopé!» Faisant semblant d'avoir peur, il lui plaqua la main sur la bouche en montrant la radio : «Tout est écouté!» Puis l'enlaçant, il la renversa sur les oreillers. Reprenant son souffle, plongé dans un épuisement silencieux, il lui ronronna à l'oreille : «Oui, je me suis dopé... de toi!»

Au comité d'organisation, tout commença

aussi par des cris. Un vieux fonctionnaire du Komsomol[1], racorni, avec une calvitie moite et un costume aux poches boursouflées, fustigea méthodiquement leur bonheur de trois jours. Il hurlait : « Ce n'est pas nous seulement que tu mets dans une sale affaire. Tu fais honte à tout le pays. Qu'est-ce qu'ils vont penser de l'URSS, maintenant, en Occident ? Je te le demande. Que toutes les komsomoles sont des prostituées comme toi ? C'est ça ? Ne proteste pas. Et en plus, la fille d'un Héros de l'Union soviétique ! Ton père a versé son sang… Et si cette histoire parvenait au Comité central ? Tu as pensé à cela ? La fille d'un Héros de l'Union soviétique ! Avec des antécédents pareils, se salir comme ça ! Nous, on n'a pas l'intention de te couvrir. Tiens-toi-le pour dit. On te chassera de l'Institut et du Komsomol. Comme on dit chez tes copains : "Le plaisir, il faut le payer." Ce n'est pas la peine de pleurer. Il fallait y penser avant. »

Après cette tirade, il enleva avec un crissement sec le bouchon de la carafe, versa dans le verre une rasade d'une eau jaunâtre et tiède et but avec une grimace de dégoût. S'approchant de la fenêtre, il tambourina sur le rebord grisâtre et attendit qu'Olia cesse de pleurer. Dans le bureau régnait une chaleur étouffante. À l'intérieur du double vitrage se débattait un papillon rouge aux ailes effritées et ternies. Écœuré, il regarda les vitres poussiéreuses, les peupliers sombres derrière la fenêtre et se retourna vers Olia qui chif-

1. Organisation de la Jeunesse communiste.

fonnait un petit mouchoir humide. «C'est bon. Tu peux t'en aller. Je n'ai plus rien à te dire. Ce qu'on va faire de toi, c'est du ressort des services compétents. Maintenant, monte au troisième, Bureau 27. Là, on va régler ton affaire.»

Olia sortit en chancelant, monta au troisième et, aveuglée par les larmes, trouva avec peine la porte indiquée. Avant d'entrer, elle jeta un coup d'œil sur son petit miroir de poche, éventa de la main ses yeux gonflés et frappa.

Derrière la table, un bel homme d'une quarantaine d'années parlait au téléphone. Il leva les yeux vers elle, la salua de la tête et, avec un sourire, lui montra le fauteuil. Olia s'assit timidement sur le bord du siège. L'homme, en continuant à donner des réponses laconiques, retira de dessous la table une bouteille d'eau minérale et habilement l'ouvrit d'une seule main. Il remplit un verre et le poussa doucement vers Olia, cligna des yeux en lui souriant de nouveau. «Il ne sait pas encore pourquoi je suis ici, pensa-t-elle en avalant une petite gorgée piquante. Quand il va l'apprendre, il va aboyer et me mettre dehors.»

L'homme reposa l'écouteur, sortit d'un tiroir une feuille qu'il parcourut rapidement. Il regarda sa visiteuse et dit :

«Bon! Olga Ivanovna Demidova, si je ne m'abuse? Eh bien, Olia, faisons connaissance.» Et il se présenta : «Serguei Nikolaïevitch.» Il marqua ensuite une pause, soupira, se frotta les tempes et poursuivit comme à regret :

— Voyez-vous, Olia, ce qui s'est passé est sans aucun doute regrettable et hélas lourd de conséquences pour vous. En tant qu'homme, je peux vous comprendre ; la jeunesse, c'est le bel âge, évidemment. On a envie de nouvelles sensations... comme chez Essenine, vous vous souvenez, « la crue des sentiments » — c'est sa formule, non ? Mais tout cela, c'est de la poésie. Et nous, on vit avec vous dans le monde des réalités politiques et idéologiques. Aujourd'hui votre Français lance le javelot ou saute en hauteur. Et demain il reçoit une formation dans quelque service de renseignements et revient ici comme espion. Bref, je ne vais pas faire de discours. On vous a déjà assez rebattu les oreilles avec tout ça. Je vais simplement vous dire une chose. Nous, on fera tout pour vous tirer d'affaire. Vous comprenez, on ne veut pas jeter une ombre sur votre père ; et vous-même, on ne veut pas briser votre avenir. Mais de votre côté, vous devez nous aider. Moi, j'aurai à parler de toute cette histoire à mes supérieurs. Et alors, pour que je ne raconte pas n'importe quoi, on va mettre tout ça noir sur blanc. Tenez, voilà du papier. Pour les formules, je vais vous aider.

Quand, une heure plus tard, Olia sortit du Bureau 27, il lui sembla que d'un coup de talon elle pourrait s'envoler. Qu'il lui paraissait maintenant ridicule, ce fonctionnaire du Komsomol à la calvitie moite !

Elle venait de frôler le mécanisme du pouvoir réel dans le pays. Émerveillée, elle sut définir pour elle-même, de façon naïve mais assez exacte, tout ce qui s'était passé : « Le K.G.B. peut tout. »

Pourtant le soir une impression tout à fait différente de celle du matin la saisit. Elle se souvint d'une phrase qu'elle avait écrite au Bureau 27. En racontant le premier soir avec Jean-Claude, elle avait écrit : «Me retrouvant dans la chambre du sportif français Berthet Jean-Claude... j'ai entretenu avec lui des relations intimes.» C'était bien cette phrase-là qui la heurtait. «Relations intimes, pensa-t-elle. Quelle drôle de façon de dire! Mais au fond, pourquoi drôle?. Ce n'était pas autre chose. Pas de l'amour en tout cas...»

Elle ne revit Jean-Claude qu'une seule fois et, comme le lui avait conseillé l'homme poli du Bureau 27, elle lui avait dit quelques mots gentils et s'était éclipsée.

La veille du départ des sportifs, elle le rencontra accompagné d'un ami. Ils passèrent tout près d'elle sans l'apercevoir. L'ami tapotait l'épaule de Jean-Claude qui souriait d'un air satisfait. Olia entendit Jean-Claude qui, d'une voix un peu paresseuse, disait en étirant les syllabes :

— Tu sais, je crois que je vais me décider pour ce terrain en Vendée. Ils vous livrent la maison clefs en main.

— Fabienne est d'accord? demanda l'autre.

— Tu parles! Elle adore la voile!

Au printemps 1982, personne dans le pays ne savait encore que cette année serait tout à fait extraordinaire. En novembre Brejnev mourra et Andropov accédera au trône. Dans les cuisines, les pires pressentiments commenceront à tourmenter l'intelligentsia libérale. Lui, on le sait, c'était un chef du K.G.B. Oui, il va serrer la vis. Sous Brejnev, on pouvait encore se permettre d'ouvrir la bouche de temps en temps. Maintenant il faut s'attendre à une réaction, c'est sûr. On dit qu'il fait déjà des rafles dans les rues. On quitte le bureau cinq minutes, et les miliciens vous tombent dessus. Pourvu qu'on n'ait pas une autre année 1937...

Mais l'Histoire, probablement, en avait assez du triste sérieux monolithique de ces longues décennies socialistes et décida de s'amuser un peu. L'homme dans lequel le regard apeuré des intellectuels discernait les traits d'un nouveau Père des peuples ou d'un nouveau Félix de fer [1] sera un monarque mortellement fatigué et malade. Il savait que la majorité des membres du Politburo était à mettre contre un mur et à fusiller. Il savait que le ministre de l'Intérieur avec lequel il causait aimablement au téléphone était un criminel d'État. Il connaissait le montant du compte de chacun de ses collègues du Politburo dans les banques occidentales et même le nom de ces banques. Il savait qu'en Asie centrale s'était réinstallée depuis longtemps la féodalité et que la vraie place de tous les responsables, c'était la prison. Il savait qu'en Afghanistan se reproduisait le scénario américain du Viêt-nam. Il savait que dans tout le Nord-Ouest du pays, dans les villages, le pain manquait. Il savait que le pays était gouverné depuis longtemps par une petite maffia

1. Felix Dzerjinski, fondateur de la Tcheka, devenue sous Staline le N.K.V.D.

familiale qui le détestait, lui, et qui méprisait le peuple. Il savait que, si le rouble avait été convertible, la moitié des dirigeants serait depuis longtemps à Miami ou ailleurs. Il savait que les dissidents en prison ou en exil ne connaissaient pas le centième de ce que lui-même savait et qu'ils n'exprimaient que des choses très anodines. Il savait tant de choses sur cette société mystérieuse qu'un jour au Plenum il laissa échapper : « Nous ne connaissons pas la société dans laquelle nous vivons. »

L'Histoire s'amusait. Et cet homme inspirant à certains de la terreur et aux autres de l'espoir faisait naître ces sentiments comme d'au-delà du tombeau. Il mourait d'une néphrite et, dans ses moments de lucidité, se divertissait d'une anecdote que lui avait racontée le médecin du Kremlin. Celle-ci lui avait beaucoup plu. C'est pendant la réunion du Politburo. On discute de la succession de Brejnev. Tout à coup la porte s'ouvre violemment et fait irruption Andropov accompagné d'Aliev. Andropov brandissant un revolver s'écrie : « Haut les mains ! » Tous les vieillards lèvent leurs mains tremblotantes. « Baissez la main gauche ! », commande Andropov. Et s'adressant à Aliev : « Enregistre ! Pour Andropov, vote à l'unanimité ! »

L'Histoire s'amusait à se moquer de ceux qui prétendaient la gouverner impunément. Andropov mourut. Tchernienko le suivit. Avec la rapidité inconvenante d'une bande dessinée mourait l'entourage de Brejnev. Et l'on célébrait si souvent des funérailles sur la place Rouge, au son de la *Marche funèbre* de Chopin, que les Moscovites se surprenaient à en siffler l'air comme celui d'une mélodie à la mode.

Mais, au printemps 1982, personne ne pouvait même imaginer que l'Histoire prendrait plaisir à s'amuser ainsi.

Au mois de mars, le chef de l'organisation des Transports appela Demidov dans son bureau : «Tu as de la visite, Ivan Dmitrievitch. Ces camarades vont faire un film sur toi.» Il y avait là deux journalistes de Moscou, le scénariste et le responsable du tournage.

Le film en question devait être consacré au quarantième anniversaire de la bataille de Stalingrad. On avait déjà tourné les épisodes du Mémorial où, sous les énormes monuments de béton, erraient comme les ombres du passé les vétérans venus des quatre coins du pays.

On avait retrouvé les documents d'époque dont on avait l'intention d'utiliser des fragments au cours du film. Déjà on avait interviewé les généraux et les maréchaux encore vivants. Il restait à filmer un épisode très important aux yeux du réalisateur. Dans cet épisode le premier rôle revenait à Demidov. Le réalisateur le voyait ainsi : après les datchas des environs de Moscou et les spacieux appartements moscovites où les maréchaux retraités sanglés dans leur uniforme se souviennent des mouvements du front, dirigent de mémoire les armées et jonglent avec les divisions, apparaissent les rues tortueuses de Borissov et un camion maculé de boue qui franchit la porte du garage. Du camion descend sans se retourner vers la caméra un homme à casquette fripée portant une vieille veste de cuir. Il traverse la cour encombrée de ferraille, se dirige vers le petit bâtiment du bureau. Une voix off un peu métallique martèle la citation du Héros de l'Union soviétique : «Par décret du Soviet suprême de l'Union des républiques socialistes soviétiques, pour l'héroïsme et la bravoure manifestés dans la bataille…»

Le chauffeur du camion dépose des papiers au bureau, fait un signe de tête à un collègue, serre la main d'un autre et rentre chez lui.

Au cours de cette scène, la voix de Demidov, une voix simple et familière, parle de la bataille de Stalingrad. Les plans suivants se déroulent dans le cadre familial : le repas de fête, un numéro déplié de la Pravda sur une étagère, au mur des photos jaunies de l'après-guerre.

Mais le sommet du film était ailleurs. L'histoire de ce modeste héros «qui sauva le monde de la peste brune», comme disait le scénario, s'interrompt de temps en temps. Sur l'écran apparaît le correspondant soviétique dans l'une ou l'autre capitale européenne qui arrête les passants pour leur demander : «Dites-moi, qu'évoque pour vous le nom de Stalingrad?» Les passants hésitent, répondent des inepties et en riant rappellent Staline.

Quant au correspondant de Paris, on l'avait

filmé dans la neige fondue, complètement transi, essayant de se faire entendre dans le tumulte de la rue : « Je me trouve à dix minutes de la place parisienne qui porte le nom de Stalingrad. Mais les Parisiens savent-ils ce que signifie ce mot si étrange pour une oreille française ? » Et il commence à interroger les passants incapables de répondre.

Lorsque pour la première fois on projeta cet épisode au studio, l'un des responsables demanda au réalisateur : « Et il ne pouvait pas aller sur la place elle-même ? Qu'est-ce que ça veut dire "à dix minutes" ? C'est comme s'il faisait un reportage sur la place Rouge depuis le parc Gorki ! »

— Je lui ai déjà posé la question…, tenta de se justifier le réalisateur. Il prétend que sur cette place on ne trouve pas un Français. Rien que des Noirs et des Arabes. Oui, c'est ce qu'il dit. Parole d'honneur ! Il disait : « Tout le monde va croire que ça a été tourné en Afrique, et pas à Paris. » C'est pour ça qu'il s'est déplacé vers le centre pour trouver des Blancs.

« Incroyable ! » beugla un fonctionnaire dans la salle obscure. Et la projection continua. La caméra happa un clochard courbé, une enfilade de vitrines brillantes. Et de nouveau surgirent les plans jaunis des documents d'époque : la steppe grise, les chars ondulant comme sur des vagues, les soldats saisis, encore vivants, par l'objectif.

Et de nouveau apparaissait Demidov, non plus avec sa veste graisseuse, mais en costume, avec toutes ses décorations. Il était dans une classe, assis derrière une table agrémentée d'un petit vase avec trois œillets rouges. Devant lui des élèves figés buvaient religieusement ses paroles.

Le film s'achevait en apothéose. Le monument gigantesque de la mère patrie brandissant un glaive jaillissait vers le ciel bleu. Le défilé de la Victoire se déployait sur la place Rouge, en 1945. Les soldats jetaient les drapeaux allemands au pied du mausolée de Lénine. Au premier plan on voyait tomber l'étendard personnel de Hitler. Au son exaltant de la musique resplendissait, filmé d'hélicoptère, Stalingrad-Volgograd, relevé de ses ruines.

Et tout se résolvait en un accord final : sur la tribune du XXVIe Congrès apparaissait Brejnev qui parlait de la politique de paix menée par l'Union soviétique.

Vers la mi-avril le film était prêt. Demidov avait patiemment supporté l'agitation du tournage et même réussi, en répondant aux questions, à placer l'histoire de la petite source dans la forêt.

— Eh bien, Ivan Dmitrievitch, lui dit le réalisateur au moment des adieux, pour la fête de la Victoire, le 9 mai, ou peut-être même la veille, mettez-vous en famille devant la télévision.

Le film s'intitulait *La Ville-Héros sur la Volga*.

Le 8 mai, dans l'après-midi, Ivan Dmitrievitch ne travaillait pas. On l'avait invité à l'école pour la causerie traditionnelle. Il fit son discours habituel et, les trois œillets à la main, rentra à la maison.

Tatiana était encore au travail. Il traîna dans l'appartement. Puis il mit sur le dossier d'une chaise sa veste blindée de médailles, brancha le poste et se cala sur le divan. Le film sur Stalingrad commençait à six heures.

Le chef d'atelier agita la bouteille et commença à verser l'alcool dans les verres : « Eh bien, mes amis, la dernière lampée et on file à la maison... » Tout le monde but, glissa dans les sacs les restes de nourriture et sortit. Dans la rue, les ouvrières se souhaitèrent une bonne fête et rentrèrent chez elles.

Tania — elle était devenue depuis longtemps Tatiana Kouzminitchna [1] — consulta sa montre. « J'ai encore le temps, avant le film, de passer au magasin prendre le colis des Vétérans. » Ce paquet, elle le recevait, comme tous les anciens combattants, dans la section du magasin interdite au commun des mortels. Les gens regardaient cette queue des Vétérans et grognaient sourdement.

Cette fois, c'était vraiment un colis de fête : quatre cents grammes de jambon, deux poulets, une boîte de sprats et un kilo de gruau de sarrasin. Tatiana Kouzminitchna paya, chargea le tout dans son sac et se dirigea vers la sortie. L'un des Vétérans l'interpella.

---

1. Le nom patronymique s'emploie lorsqu'on s'adresse aux adultes.

— Eh bien, Kouzminitchna, il est bien, le colis, aujourd'hui ?

— Oui, pas mal ; mais il n'y a pas de beurre.

— Le beurre, on en trouve aujourd'hui en face, au Gastronom. Mais il y a un kilomètre de queue !

Tatiana s'approcha du Gastronom, vit une queue bariolée et sinueuse, regarda l'heure. Le film commençait dans quinze minutes. « Et si j'essayais de ne pas faire la queue ? Après tout, j'y ai droit », pensa-t-elle. Et retirant de son sac le livret de Vétéran, elle commença à se frayer un passage vers la caisse.

La fin de la queue s'agitait dans la rue, et dans le magasin tout était noir de monde. On se poussait en se taillant la route vers le comptoir. On criait, on s'injuriait. Ceux qui avaient déjà fait leurs achats se faufilaient vers la sortie, les yeux brillants et enfiévrés.

— Combien de paquets par personne ? criaient de la rue ceux qui étaient au bout de la queue.

— Deux pour chacun ! répliquaient ceux du milieu.

— Donnez-m'en six, pleurnichait une femme près du comptoir. Je prends aussi ceux de mes enfants.

— Et ils sont où, vos enfants ? demandait la vendeuse excédée.

— Mais la voilà, cette petite fille ! criait la femme qui traînait par la main une écolière apeurée portant un cartable.

— Et où est l'autre ? insistait la vendeuse.

— Là, dans sa poussette, dans la rue.

La femme, qui avait fini par l'emporter, plongea vers la sortie, serrant contre sa poitrine les six plaques de beurre.

Un petit bonhomme un peu éméché criait joyeusement :

— Mais c'est pas ses gosses à elle ! Je la connais. Des gosses, elle en a pas. Elle les a empruntés à sa sœur ! Ha ! Ha ! Ha !

La queue s'ébranlait spasmodiquement et progressait d'un pas. De la porte de l'entrepôt apparut la responsable qui traversa le magasin et cria vers le bout de la queue qui s'allongeait. « N'insistez pas, là-bas derrière. Le beurre, ça se termine. Plus que trois caisses. Ce n'est pas la peine d'attendre. De toute façon, il n'y en aura pas pour tout le monde. Vous perdez votre temps. »

Mais les gens continuaient à affluer, demandaient qui était le dernier et prenaient la file. Et chacun pensait : « Qui sait ? Peut-être qu'il y en aura encore pour moi ! »

Tania parvint à la caisse et par-dessus la tête d'une femme tendit le billet de trois roubles froissé et le livret de Vétéran. Elle ne s'attendait pas à une explosion aussi unanime. La foule bouillonna et rugit de mille voix : « Ne la laissez pas passer avant les autres ! »

— Et alors ! Vétérans ! Qu'ils achètent leur beurre dans leur magasin !

— Déjà on leur donne des colis. Et nous, ça fait trois heures qu'on est là avec les enfants !

— Moi, j'ai un fils tué en Afghanistan et je ne la ramène pas. J'attends comme tout le monde.

— Ne lui donnez rien ! Ils ont déjà assez de privilèges comme ça.

Quelqu'un la poussa de l'épaule, la foule s'ébranla visqueusement et l'écarta lentement de la caisse. Tatiana ne discuta pas, saisit de sa main mutilée l'argent et le livret, et recula vers la sortie pour prendre la file. La foule était si dense que les différentes queues s'entremêlaient. Les gens ayant peur de perdre leur place se collaient les uns aux autres. Tout à coup quelqu'un tira Tatiana par la manche.

— Kouzminitchna, mets-toi devant moi. Peut-être en aurons-nous aussi de ce beurre.

C'était la vieille gardienne de leur fabrique, tante Valia. Tatiana se mit devant elle et, pour endormir la vigilance de ceux qui étaient derrière, elles commencèrent à bavarder tranquillement. Au bout d'un moment, Tatiana se glissa dans la foule sans que personne ne s'en aperçoive. Tante Valia se trouvait à mi-parcours.

— C'est peu de chose. Il n'y en a plus que pour une heure, remarqua-t-elle. On passera avant la fermeture. Pourvu qu'il reste du beurre !

Tatiana regarda sa montre. Il était six heures. « C'est dommage, je vais manquer le film sur Ivan, pensa-t-elle. Mais demain matin, il repasse. »

« C'est drôle, Tatiana n'est toujours pas revenue, pensa Ivan. Elle doit courir les magasins. Cela ne fait rien. Elle le verra demain. »

Sur l'écran parlait déjà d'une basse solennelle un maréchal, et un frétillant reporter aux yeux fureteurs lui posait des questions. Défilèrent ensuite les plans saccadés des documents d'époque : les maisons de Stalingrad dans les nuées noires, qui s'affaissaient doucement et comme en état d'apesanteur sous les explosions silencieuses.

Quand ces plans-là passaient, Ivan ne pouvait retenir ses larmes. « Je suis devenu un vieillard », pensa-t-il en mordant sa lèvre. Son menton tremblait légèrement. En lui-même, il disait de temps en temps aux soldats qui couraient sur l'écran : « Regardez-moi cet idiot qui court sans se courber ! Baisse-toi, mais baisse-toi donc, imbécile… Pfft ! Et on appelle ça une attaque ! Ils se jettent sur les mitrailleuses sans préparation d'artillerie ! Évidemment, en Russie il y a tellement de monde, les soldats, ça ne se compte pas ! »

Enfin Ivan apparut lui-même sur l'écran. Il se figea, écoutant chacune de ses paroles, ne se reconnaissant pas. « Et voilà, après cette bataille, disait-il, je suis entré… là, il y avait une petite forêt… Je regarde et je vois une source. L'eau est tellement pure ! Je me penche et je vois mon reflet… et c'était si étrange, vous savez. Je me regarde et je ne me reconnais pas… » Ici son récit s'interrompait et la voix off, chaude et pénétrante, enchaînait : « La terre natale… La terre de la Patrie… C'est elle qui rendait ses forces au soldat fatigué, c'est elle qui, avec une sollicitude toute maternelle, lui insufflait vaillance et bravoure. C'est dans cette source intarissable que le combattant soviétique puisait sa joie vivifiante, la haine sacrée de l'ennemi, la foi inébranlable en la Victoire… »

La vendeuse, essayant de couvrir le bruit de la foule, cria d'une voix stridente : « Le beurre, c'est fini ! » et se retournant vers la caissière ajouta d'une voix encore plus sonore : « Liouda, ne fais plus de tickets pour le beurre. »

Tania obtint deux plaquettes du fond de la troisième caisse. Les deux dernières furent pour tante Valia. Elles se sourirent en les fourrant dans leur sac et se mirent à jouer des coudes pour sortir.

La foule déçue se figea un instant comme si elle n'arrivait pas à croire que le temps avait été perdu en vain, puis elle tressaillit et commença à s'écouler lentement par l'étroite porte. De l'extérieur essayaient de s'infiltrer ceux qui ne savaient pas que la vente du beurre était déjà finie. C'est alors que circula une rumeur : on avait livré du saucisson. Toute la foule reflua vers le comptoir, reformant une queue. De la rue les gens s'engouffrèrent de plus belle.

Cette nouvelle parvint jusqu'aux oreilles de la responsable. Elle sortit de nouveau de l'entrepôt et d'une voix moqueuse, comme si elle parlait à des enfants, tonna : « Non, mais vous perdez la tête ! Du saucisson ! Il n'y a pas le moindre saucisson ici. D'ailleurs on ferme dans une demi-heure. »

À présent chacun ne pensait plus qu'à se dégager. Dans cette masse humaine compacte, il régnait une chaleur étouffante. Tatiana essayait de ne pas perdre tante Valia qui très adroitement se faufilait vers la porte.

Les gens étaient enragés, prenaient un plaisir mauvais à se bousculer et n'attendaient que l'occasion de s'injurier. Tatiana était déjà tout près de la sortie lorsque soudain, comme dans un tourbillon, elle fut entraînée et plaquée contre le mur. Une épaule — elle aperçut un imperméable bleu de femme — lui entra dans la poitrine. Elle essaya de se libérer, mais elle n'y parvint pas, tellement était dense l'épaisseur de la foule. Son impuissance même lui sembla ridicule. Elle voulut reprendre le sac de l'autre main, mais au même instant elle sentit avec étonnement qu'elle ne pouvait plus respirer. Brusquement il se fit un silence comme au fond de l'eau, et elle discernait maintenant trop distinctement le drap gris du manteau lui barrant le passage. Quand, avec le retard d'une explosion lointaine, survint la douleur, elle ne put même pas pousser un cri.

Elle fut portée sur le perron par une foule serrée... Personne ne s'était rendu compte de rien. C'est seulement sur les marches que la foule, se dispersant, la libéra. Tatiana glissa doucement. De son sac tombèrent le beurre et le livret de Vétéran. Les gens butaient sur le corps. Quelques-uns s'écartèrent en hâte, d'autres se penchèrent. Le petit bonhomme joyeux s'esclaffa : «Eh ben! dis donc! La petite mère, elle a déjà pris de l'avance, pour ce qui est de la fête...» Tante Valia écarta les badauds, parvint à elle et cria d'une voix stridente : «Au secours! Regardez! Il y a une femme qui se trouve mal! Vite, téléphonez aux urgences!»

Ivan arriva à l'hôpital avec sa veste de parade. Il avait couru par les rues du soir, accompagné du cliquetis de ses décorations. On ne le laissa pas entrer en réanimation. Il regardait le médecin qui le tranquillisait, mais il n'entendait rien. Son Étoile d'or, qui s'était retournée pendant la course, ressemblait à un jouet.

Le lendemain matin, 9 mai, le même docteur, imprégné d'une odeur de tabac, le visage creusé par sa nuit de garde, sortit et s'assit en silence avec Ivan sur des sièges de bois, dans le couloir. Ivan avait déjà eu le temps, dans quelque recoin mystérieux de sa tête, non pas de réfléchir à ce que serait sa vie sans Tatiana, mais à en avoir un sentiment aigu et désespéré. Ce sentiment surgit et l'effraya d'un vide sonore. Il était assis sans rien demander au médecin et d'un regard absent suivait les mouvements de la vieille femme de ménage qui essuyait les fenêtres poussiéreuses.

Enfin le médecin soupira et dit à mi-voix : «Elle n'aurait jamais dû se risquer dans nos foules; même essuyer une fenêtre, c'était dangereux pour elle…»

Olia arriva le lendemain. Elle était d'une beauté presque inconvenante. Elle-même se sentait gênée de sa jupe serrée et du bruit de ses talons hauts dans leur appartement devenu muet où chuchotaient, vêtus de noir, des gens qu'elle connaissait à peine. Une des femmes lui donna un fichu noir pour les funérailles. Mais même avec ce fichu sa beauté surprenait. Elle pleura beaucoup. Ce qui la déchirait, c'était moins l'air émacié et assombri du visage de sa mère que la fragilité de tout ce qu'elle avait cru si naturel et si solide. Tout s'écroulait devant ses yeux. D'un fringant héros, le père s'était transformé en un vieux bonhomme affaissé, aux yeux rouges. Maintenant la vie de ses parents lui semblait incroyablement terne. Une misérable enfance affamée, la guerre, encore la famine, et puis jusqu'à la vieillesse — mais non, jusqu'à la mort même ! — cette absurde fabrique de meubles et cette cabine de camion puante de gas-oil. Olia regardait avec étonnement autour d'elle. La télévision devant laquelle chaque soir étaient assis ses parents, le canapé où ils dormaient, une photo sur la table de nuit : eux deux, très jeunes encore, avant sa naissance, quelque part dans le Sud, au cours de l'unique voyage de leur vie. Et cette seule photo, ces sandales du père — horribles sandales qui faisaient penser à des muselières —, ce seul geste de la mère cachant sa main droite, tout lui fendait déjà le cœur.

Ivan ne vit presque pas sa fille. C'est seulement la dernière nuit, quand les parents fatigués les quittèrent, qu'il resta en tête à tête avec Olia. Ils étaient assis de part et d'autre du cercueil, complètement épuisés par l'agitation permanente des femmes qui s'affairaient, par les chuchotements incessants et insignifiants de la journée.

Ivan regarda sa fille et pensa : « C'est une femme maintenant. Elle est en âge de se marier. On dirait que c'était hier que Tatiana la mettait dans ses langes. Comme le temps passe vite ! La crèche, l'école, et maintenant voilà Moscou, l'Institut... Ce serait bien qu'elle trouve un bon gars, pas un buveur... Un militaire... Bien que ceux-ci, aujourd'hui, se soûlent Dieu sait comment ! Il faut que je lui parle. On enterre la mère... »

C'est à la gare seulement, quand ils attendaient le train pour Moscou, qu'Ivan lui dit : « Travaille bien, Olia, mais... » Olia rit gentiment.

— Mais, papa, les études, je n'en ai plus que pour quelques semaines. Mes examens de sortie sont tout de suite là.

— Ah bon, vraiment ? s'étonna Ivan, confus. Et où vas-tu après ?

— Là où m'appellera la Patrie, plaisanta Olia.

Elle embrassa Ivan et monta dans le train. Par la fenêtre, elle agita longtemps la main vers son père figé dans son costume noir fatigué, sur le quai inondé de soleil.

Olia savait déjà où l'appellerait la Patrie... Certains étudiants de sa promotion s'apprêtaient à passer en douceur du banc des étudiants au fauteuil confortable préparé par leurs parents haut placés. D'autres, résignés, se préparaient à la corvée des traductions techniques dans un bureau poussiéreux. D'autres encore rêvaient de plonger le plus vite possible dans l'agitation de l'Intourist, pressentant avec joie le défilé des physionomies européennes, trop rapide pour vous lasser, et se réjouissaient à l'avance des petits cadeaux et de l'illusion de la vie occidentale.

Pour Olia, c'était tout différent. Serguei Nikolaïevitch, du Bureau 27, avait été depuis longtemps relayé par son collègue, Vitali Ivanovitch, tout aussi imposant. C'est en le rencontrant au mois d'avril qu'Olia apprit où l'appellerait la Patrie.

Ils étaient dans une chambre d'hôtel où souvent se déroulaient leurs rencontres. Vitali Ivanovitch souriait d'un air mystérieux et se frottait les mains, comme un homme qui a préparé une bonne surprise. Ils parlèrent de leurs affaires courantes, de cet étranger dont s'occupait actuellement Olia. Puis Vitali Ivanovitch, comme s'il se souvenait brusquement de quelque chose, s'exclama :

— Écoute, Olia ! Ton Institut, ça va être fini. Et après, ce sont les nominations. Vous avez déjà eu les nominations préalables ?... Eh bien, dans quel secteur t'a-t-on affectée ?... Ah oui, évidemment ! la traduction technique dans une usine, au service des brevets, ce n'est pas ce qu'il y a de plus drôle. Qu'est-ce que tu comptes faire ?... Mais non, écoute. Il ne faut pas être si pessimiste. Tu auras toujours le temps de t'enterrer dans cette poussière. J'en ai discuté avec mes supérieurs. On apprécie bien tes services. C'est pour cela qu'on a décidé de te recommander — pas de façon officielle, tu comprends — comme interprète au Centre du commerce international… Doucement, ne t'emballe pas. Tu remercieras plus tard. Je pense que ce n'est pas la peine de t'expliquer que le Centre, ce sont des centaines et des milliers d'étrangers. Aussi notre travail spécifique, le renseignement et le contre-espionnage, comme on dit dans les romans policiers, passe avant tout…

Olia sortit avec un léger vertige. Elle marchait dans les rues grises d'avril où flottaient déjà les drapeaux rouges des fêtes de mai. Sur la façade d'un grand magasin, les ouvriers installaient un énorme calicot aux portraits de Marx, Engels et Lénine. La toile rouge était encore mal tendue et le vent d'avril la gonflait en petites ondulations. Les prophètes du marxisme tantôt scrutaient par-dessus les toits moscovites l'avenir radieux, tantôt jetaient des clins d'œil ambigus aux passants.

Olia traversa dans un étourdissement joyeux tout Kalininski. Et même ses hideux gratte-ciel en béton lui semblaient maintenant gracieux. Elle descendit vers la Moskova et monta sur le pont. Tout, dans cette partie de Moscou, a des proportions gigantesques et inhumaines. À l'horizon on voit se profiler la pyramide de deux cents mètres du M.G.U. [1]. De l'autre côté du fleuve, dans le même élan du gothique stalinien, s'élance dans le ciel le bâtiment de l'hôtel « Ukraïna ». Derrière elle scintille le livre ouvert du gratte-ciel du COMECON [2]. Sur l'autre rive, face à l'« Ukraïna », se dresse un ensemble gris-vert de blocs aux fenê-

1. Université d'État de Moscou.
2. Comité d'entraide économique des pays de l'Est.

tres orange. C'est là justement que se situe le Centre du commerce international.

Sur le pont soufflait un vent fort et souple. Il semblait à Olia que ses cheveux courts flottaient comme une longue traîne soyeuse. Elle ne s'était jamais sentie aussi jeune et aussi libre. De nouveau, comme autrefois, elle pensa avec un sourire d'admiration : le K.G.B. peut tout !

Pendant les deux années qui suivirent les Jeux olympiques, Olia apprit ce que signifiait la « spécificité » dont avait parlé Vitali Ivanovitch. Elle savait maintenant ce qui l'intéressait, lui et ses collègues. Et elle savait comment le soutirer habilement à un étranger. Comme lui paraissait à présent ridicule cette astuce de Jean-Claude qui avait eu un brusque besoin de traduction ! Maintenant, assez souvent elle s'en servait elle-même pour lier connaissance avec les étrangers « intéressants ». Mais elle avait quantité d'autres ruses. Les noms de ses connaissances étrangères défilaient — cela durait une semaine, un mois, un an. Un certain Richard, un Alain... John, Jonathan, Steeven... Oui, il y avait même deux Jonathan, l'un anglais, l'autre américain. Dans sa mémoire se bousculaient leurs voix en un chœur confus. Émergeaient des bribes de leurs confidences. L'un d'eux portait le titre d'« Honorable » et en était très fier. Un autre était passionné d'alpinisme et faisait de l'escalade en Nouvelle-Zélande. Un autre encore affirmait qu'en URSS on tombe partout sur les gens du K.G.B. Tout cela, et beaucoup d'autres choses, était passé dans les rapports qu'Olia avec application transmettait à Vitali Ivanovitch. Et parfois des détails dont personne n'avait besoin refaisaient surface, alors même que sa mémoire confondait déjà ceux à qui ils appartenaient : une épaule pleine de taches de rousseur, le reflet d'un visage qui ressemblait à un masque pâle dans la lourde obscurité de la chambre…

Parfois, en se réveillant au petit matin, à l'heure favorite des suicidaires, elle percevait presque physiquement le vide sonore qui entrait dans ses yeux. Elle se relevait sur un coude et avec un étonnement craintif elle contemplait une tête, une oreille un peu décollée, un bouche entrouverte d'où s'échappait un petit sifflement tranquille. Puis son regard glissait vers le tas de vêtements froissés sur la chaise, rencontrait l'œil langoureux d'un brun saxophoniste engominé qui lui souriait sur le mur. « Gianni Caporale », lisait-elle sur le poster. Parfois, dans cette obscurité, son regard était accroché par celui d'une belle créature pulpeuse à moitié nue ou par celui de Lénine collé au-dessus du lit par un occidental plaisantin. Elle lisait silencieusement « Gianni Caporale » et s'effrayait de sa propre voix intérieure. « Qu'est-ce que je fais là ? » La question résonnait dans sa tête. Et chaque fois ce « je » évoquait pour elle leur appartement à Borissov, l'odeur et la lumière particulières de leurs chambres. Et aussi une journée d'hiver au soleil étincelant, une pente luisante d'où dévalaient les skieurs et les gamins sur leur luge. Ce jour-là —

c'était sans doute un dimanche — ses parents se promenaient avec elle. Quand elle se fut lassée de sa luge, Ivan s'amusa à proposer à la mère de faire une descente. Et celle-ci, enivrée par le soleil, l'air vif et glacé, accepta en riant. Ils s'élancèrent, si grands et si drôles sur la petite luge ! En bas, ils s'étaient renversés, avaient gravi la pente la main dans la main et étaient réapparus au sommet, les joues rouges et les yeux brillants.

Olia regardait de nouveau celui qui dormait à côté d'elle. Elle l'appelait silencieusement par son nom, se rappelait ce qu'elle savait de lui en essayant de le faire vivre, de le rapprocher d'elle-même, mais tout restait vide de sens.

« Je ne suis qu'une putain », se disait-elle. Mais elle savait bien que ce n'était pas vrai. « Qu'est-ce que ça me rapporte ? Les collants de la Beriozka [1], cette saleté de maquillage qu'on peut acheter chez n'importe quel trafiquant… Ce serait bien d'arrêter cela tout de suite. Vitali Ivanovitch ? Eh bien, quoi ? Je pourrais aller le voir et lui dire sans détour : "Ça suffit comme ça. C'est terminé. Je me marie." On ne me mettrait pas en prison pour ça… »

Ces réflexions nocturnes la calmaient un peu. « Je me complique la vie, pensait-elle. Je me bourre le crâne avec toutes ces bêtises. "Qu'est-ce qui est bien ? Qu'est-ce qui est mal [2] ?" En fait, où est le mal dans tout cela ? Les filles de l'Institut passent des mois dans les restaurants avant de

1. Magasin réservé aux étrangers qui paient en devises.
2. Formule de Maïakovski.

décrocher quelque Yougoslave pouilleux. Tandis que là, il y en a pour tous les goûts… Tiens, Milka Vorontsova, une belle fille racée, une princesse, elle a trouvé un mari, un Africain, et sans broncher ! »

Olia se souvenait que Milka, après les trois jours de fête du mariage, était revenue à l'Institut. Dans les intervalles entre les cours, ses camarades l'avaient entourée et, avec des clins d'œil malicieux, avaient commencé à lui poser des questions sur les premières joies de la vie conjugale. Milka, sans aucune gêne et même contente de cette curiosité, les instruisait :

— Écoutez, les futures « mères-héroïnes [1] », la règle d'or avec un mari africain, c'est de ne jamais rêver de lui la nuit.

— Pourquoi donc ? demandèrent des voix étonnées.

— Parce qu'il est si laid que, si on le voit en rêve, on risque de ne pas se réveiller !

Il y eut une explosion de rires. Quand le bruit grêle de la sonnerie retentit, les étudiantes, écrasant hâtivement leur cigarette, se dirigèrent vers la salle de cours. Olia demanda à Milka : « Écoute, Milka, tu es vraiment décidée à te négrifier et à vivre à Tamba-Dabatou ? » Milka la regarda avec ses yeux bleus limpides et dit à mi-voix : « Olietchka, n'importe quelle ville du globe peut devenir une ville de transit ! »

Derrière la fenêtre le jour commençait à poin-

---

1. Titre honorifique que l'on décerne aux mères de famille nombreuse.

ter. Sur l'oreiller la tête marmonna quelque chose en français et se retourna sur l'autre joue. Olia s'allongea aussi en dépliant avec soulagement son coude fatigué. L'heure des suicidaires reculait en même temps que l'ombre de la nuit.

Le premier «client» d'Olia au Centre était le représentant d'une firme électronique anglaise. Elle prit contact avec lui par téléphone, se présenta en disant qu'elle serait son interprète. La voix dans l'écouteur était calme, assurée, et même un peu autoritaire. Elle imagina un visage à la James Bond, tempes grisonnantes, costume sombre comme taillé dans un bloc de granit scintillant de mica. «Un vieux loup, lui avait dit de cet Anglais Sergueï Alexeievitch, l'officier du K.G.B. qui travaillait avec elle au Centre. Il connaît bien l'URSS, parle russe, mais le dissimule…»

Mais le ton imposant de la voix dans l'écouteur l'avait trompée. Ce ton était tout simplement façonné par le métier. Quand, dans le hall, se détachant du mur, dans une veste à carreaux, un homme grassouillet et chauve se dirigea vers elle avec un sourire un peu gêné, Olia resta ébahie. Déjà il inclinait la tête et tendait la main en se présentant tandis qu'elle continuait à le regarder. Au même moment, au centre du hall, s'élançait sur sa perche un coq de métal qui annonçait bruyamment midi en battant des ailes. «Drôle de représentant!» pensa Olia dans l'ascenseur.

Ce matin-là, en prenant sa douche, l'Anglais avait perdu une lentille de contact. En tâtonnant dans le bac pour la retrouver, il avait égaré la seconde. Une fois habillé, il avait retiré du fond de sa valise son étui à lunettes, les avait sorties nerveusement et les avait laissé tomber sur un cendrier de marbre. « Comment peut-on se montrer dans un tel état ? », s'étonnait Olia. Lui jetait sur elle des regards un peu confus : le verre droit de ses lunettes avait disparu et à travers le cercle vide son œil regardait d'une façon floue et craintive.

« Je comprends presque tout en russe, avait-il dit dans l'ascenseur, mais je manque de pratique et je parle très mal. » Il disait : « Je téléphone à vous » et, ce qui amusait particulièrement Olia, « Vous voulez moi fermer la porte ? » Il logeait à l'« Intourist ». Le troisième soir, ils dînèrent ensemble au restaurant et elle resta chez lui.

Et de nouveau, elle connut au petit matin ce réveil creux de l'heure des suicidaires. Mais également, cette fois, une sérénité calme et désespérée. Elle comprit que ce qui la tourmentait, ce n'était pas un inutile remords, mais cette espérance absurde immanquablement déçue. Déjà à l'Institut elle l'avait éprouvée et elle la retrouvait maintenant au Centre.

Elle rencontrait un nouvel « objet », et malgré elle, sans en avoir conscience, commençait à attendre quelque changement miraculeux, une vie toute neuve qui ne ressemblerait pas à l'ancienne.

Mais rien ne changeait. Parfois elle accompagnait ses connaissances à l'aéroport. Somnolentes, comme dans un royaume sous-marin, se

94

faisaient entendre les annonces à Cheremetievo. Et déjà, au-delà de la douane, son « objet » lui faisait des signes d'adieu en se perdant dans la foule colorée des voyageurs. Elle s'en allait lentement vers l'arrêt du bus.

Rien ne changeait.

Et maintenant, éveillée au côté de l'Anglais qui dormait le nez dans l'oreiller, elle comprit enfin qu'il n'y avait rien à attendre. Que tout cela était inutile. Inutile, cet espoir de quelque chose. Et parfois de la pitié pour cet « objet », un être vivant malgré tout. Et ce vague sentiment de honte…

Il fallait aller de l'avant, en connaissant sa place dans cette longue chaîne invisible qui se perdait dans le labyrinthe du jeu politique, du vol technologique, et qui aboutissait quelque part dans les capitales d'Europe et d'Outre-Atlantique. Réfléchir à tous ces rouages, ce n'était pas son affaire. Son affaire à elle, c'était, dans un rapide échange de paroles et de regards, d'apprécier son « objet » et, dans un temps donné, jouer tous les actes du spectacle amoureux convenu. Son affaire, c'était, rencontrant un tel représentant en veste à carreaux, de lui faire oublier que ses humides cheveux roussâtres couvraient à peine sa calvitie, que son œil droit regardait vaguement et craintivement, et que, en déboutonnant sa chemise froissée sous sa ceinture, il avait dénudé son ventre blanc, essayé de le rentrer, puis, ayant surpris son regard, s'était trouvé horriblement confus.

Dans son premier rôle au Centre, Olia joua si bien que l'Anglais n'osa pas la payer. Lorsqu'elle alla avec lui à Cheremetievo, il lui tendit maladroitement un parfum très cher dont l'étiquette de la Beriozka avait été grattée.

De ce premier client elle se souvenait bien ; sa mémoire gardait quelques traces des deux suivants ; quant aux autres, ils commençaient à se confondre dans son souvenir.

Avec sa collègue Svetka Samoïlova, Olia avait loué deux pièces, non loin de Belaïevo. Svetka travaillait au Centre depuis déjà deux ans. Elle était d'une avarice extraordinaire pour les devises et la lingerie occidentale, mais en même temps prodigue et généreuse à l'excès, à la russe. Elle avait une nature belle et opulente. Et si elle n'avait pas réussi à s'agripper à Moscou, elle se serait transformée depuis longtemps en une matrone d'Arkhangelsk, en une vivante montagne saine au sang chaleureux. En revanche, à Moscou, et spécialement au Centre, elle avait dû contrecarrer toutes les lois de sa nature. Elle suivait sans cesse un régime, s'imposait de boire le thé sans sucre et surtout, à chaque minute libre, elle faisait du hula-hoop. La mode en était passée depuis des années, mais il ne s'agissait pas de mode. Dans son hula-hoop Svetka avait percé un trou, y avait glissé une demi-livre de plomb et l'avait rebouché avec du ruban adhésif. C'était devenu un engin pesant. Elle le faisait tourner à la cuisine en remuant une semoule claire, au téléphone, dans la chambre devant la télévision.

Elles passaient souvent dans la chambre de

Svetka leurs soirées libres, en bavardant ou en regardant à la télévision les innombrables épisodes d'un film d'aventures.

Olia y venait quelquefois quand Svetka n'était pas là, tantôt pour emprunter le fer à repasser, tantôt pour laisser sur le lit une lettre portant le grossier cachet d'un village au nord d'Arkhangelsk.

Dans ces moments-là, la chambre de Svetka lui apparaissait sous un jour tout à fait différent, inhabituel. Elle enveloppait du regard l'étroite table de travail, le guéridon où s'empilaient de vieilles revues occidentales, les arabesques d'un épais tapis. Et elle ne reconnaissait plus tout cela.

On voyait une demi-matriochka[1] écaillée hérissée de crayons, une soucoupe en verre scintillant de bracelets et de boucles d'oreilles et, ouvert sur une pile de journaux, un petit livre de papier gris : *Cigales d'automne*.

Olia se pencha. En marge, un léger coup d'ongle marquait un tercet :

> *La vie est un champ où, le soir,*
> *Dans les épis, près du sentier,*
> *Veille un tigre toujours aux aguets.*

Olia regardait tout ce qui l'entourait avec une curiosité inquiète. On aurait dit que les objets se plaisaient à l'endroit où ils avaient été posés. Parmi ces choses, Olia pressentait l'espoir d'un apaisement, la possibilité d'une réconciliation

1. Poupée gigogne russe.

avec tout ce qu'elle vivait chaque jour. Étonnée, elle faisait comme une étrange excursion dans ce futur qu'elle anticipait et elle ne savait pas s'il était encourageant ou désespérant.

Il lui arrivait d'aller prendre derrière la coiffeuse le lourd hula-hoop et elle essayait, pour s'amuser, de le faire tourner en imitant les déhanchements de Svetka. Elle se rappelait la plaisanterie de son amie :

— Te souviens-tu qui a trouvé cette perle ? Breton ? Aragon ? « Je vis passer une guêpe à la taille de femme ! »

— Oui, et surtout avec des hanches comme une trayeuse d'Arkhangelsk, la taquina Olia.

— Ris toujours ! Avec l'âge tu comprendras que les vrais hommes apprécient toujours la poétique des contrastes !

Et Svetka faisait tournoyer son engin à une telle vitesse qu'il sifflait avec la fureur menaçante d'un insecte agressif...

Sur la coiffeuse de Svetka, parmi les flacons et les pots de cosmétique, se trouvait une feuille couverte de chiffres. Chaque semaine elle prenait ses mesures. Parfois Olia ajoutait aux chiffres quelques zéros fantastiques ou transformait les centimètres en centimètres cubes. Elles en riaient beaucoup toutes les deux.

Dans le désordre de tous les objets accumulés sur la table de Svetka se dressaient deux photos dans des cadres identiques. Sur la première on voyait un élégant officier bronzé, un sourcil légèrement relevé. Au bas de la photo se détachait en lettres blanches : « À ma chère Svetka, Volodia.

Tachkent 1983 ». Sur l'autre, un homme et une femme, pas encore vieux, gauchement serrés épaule contre épaule, regardaient droit devant eux, sans sourire. Leurs visages de paysans étaient si simples et si ouverts — et presque démodés dans cette simplicité — qu'Olia se sentait toujours gênée par leur regard silencieux...

« C'est curieux, pensait-elle. Et si tous les clients étrangers de Svetka voyaient un jour ce hula-hoop, cette photo, ce "Tachkent 1983" ? Et cela aussi : "... veille un tigre toujours aux aguets..." ? »

Pourtant, de temps à autre, le régime de Svetka se trouvait suspendu. Bruyamment, apportant avec eux une odeur de neige, les invités commençaient à affluer, la table se couvrait de victuailles et de vin. Il y avait là la viande rose clair des Beriozka, le caviar et le filet d'esturgeon fumé apportés du buffet privé de quelque ministère. Svetka se jetait sur les gâteaux, s'offrait un morceau de tarte aux ornements baroques, et avec une crânerie désespérée s'écriait : « Bah ! On ne vit qu'une fois ! »

Les invités rassemblés autour de ces victuailles étaient des collègues du Centre, des gens du commerce et des hommes du K.G.B. qui tenaient l'alcool. Le lendemain de tels festins, elles se levaient tard. Elles allaient à la cuisine, préparaient un thé très fort et le buvaient longuement. Parfois, sans pouvoir se maîtriser, Svetka ouvrait le réfrigérateur et en sortait du vin : « Qu'ils aillent au diable, tous ces représentants à la manque ! Ce n'est pas une vie, ça ! On ne peut même pas boire pour chasser sa gueule de bois… » Et sous ce prétexte, on sortait le reste du gâteau, un bout de la tarte pittoresque aux décorations retombées…

Durant ces dimanches vides, Ninka la Hongroise, une prostituée du Centre, venait souvent chez elles. On l'appelait ainsi parce que son père avait été membre hongrois du Komintern et qu'on le prétendait proche de Bela Kun. Il avait fait de la prison sous Staline, et, libéré, il avait eu le temps, un an avant sa mort, de se marier et d'avoir un enfant, cette Ninka.

Elle leur rapportait toutes les rumeurs de son milieu : le gardien devenait vraiment un salaud ! Pour laisser entrer au Centre maintenant, il prenait quinze roubles au lieu de dix ! Lioudka, la Caravelle, avait réussi à se faire épouser par son Espagnol… On allait peut-être fermer les Beriozka…

Ces jours d'hiver s'écoulaient lentement. Derrière les vitres, une neige rare et somnolente tombait dans l'air terne. Sous la fenêtre, on entendait les gens de l'immeuble battre les tapis. Des gamins criaient sur le toboggan glacé.

Parfois, par plaisanterie, Ninka et Svetka commençaient à se disputer :

— Chez vous, on se la coule douce, disait la Hongroise. Vous êtes assises au chaud, le salaire tombe régulièrement. On vous apporte le client sur un plateau d'argent : «Voilà, Madame, veuillez l'accueillir et vous en occuper.» Tandis que nous on se gèle comme la dernière des putains de gare. Les flics nous soutirent leurs trois roubles. Les chiennes de copines nous vendent pour qu'il n'y ait pas de concurrence…

— Oh là là! On la connaît, ta chanson… la pauvre orpheline de Kazan…, l'interrompait Svetka. Tu ne voudrais pas aussi du lait comme prime de risque? Vous, vous êtes des millionnaires. Tu parles de salaire… ça paie à peine le papier de toilette! Et vous, vous avez un tarif à cent dollars les dix minutes. C'est toi-même qui l'as dit, tu sais, celle-là — comment s'appelle-t-elle déjà? — celle qui a une grosse poitrine, elle dort sur un matelas bourré de billets de cent roubles…

— Un matelas? s'étonnait Olia.

— Oui, reprenait Ninka. Elle avait peur de déposer son argent à la Caisse d'épargne. C'est que théoriquement elle travaillait comme femme de ménage au jardin d'enfants; et l'argent, elle en avait peut-être un demi-million… Et où le cacher? Alors elle a commencé à fourrer les billets dans le matelas. Son rêve à elle, c'était de travailler jusqu'à trente ans comme un cheval, puis de se trouver un type, se faire une famille et vivre peinarde. Mais c'est justement son type qui lui a joué un tour de cochon. Elle avait un certain Vladik, à côté de ses étrangers; un Russe bien à elle, pour les sentiments… Une nuit, il n'arrête pas de gigoter, quelque chose le gêne, lui rentre dans les côtes, crisse sous lui… Et le matin, il a une illumination! Il attend que Sognka — Sophie, nous l'appelions — s'en aille et il ouvre la couture. Et là, bon Dieu! sous une couche de mousse, des billets de cent roubles et des devises serrés à ne pas pouvoir les compter! Mais il était futé, ce cochon. Pas question de tout prendre. Les amis de Sognka auraient remué ciel et terre pour le retrouver. Il a commencé à tirer petit à petit. Et c'est comme ça qu'il vivait. Elle apportait, il emportait...

— Ah! Tous les hommes sont des vampires! soupira Svetka.

— Et finalement, ça s'est terminé comment? s'intéressa Olia.

— Mais comme ça devait finir! Avec son argent à elle, il a déniché une fille, il l'a emmenée en Crimée en avion, pour le week-end. Il se faisait passer pour un diplomate. Et pourquoi pas, puisqu'il sortait une liasse de ces dollars matelassés... Comment ne pas y croire? Quand Sognka l'a découvert, elle a d'abord voulu l'étrangler, la nuit, sur ce sacré matelas. Et puis elle s'est attendrie et elle a tout pardonné!

La grise journée d'hiver s'enfonçait doucement dans un soir silencieux et paisible. Et elles étaient toujours dans la cuisine à bavarder. Dehors il commençait à geler et l'on percevait les voix plus fines et plus sonores.

Ninka la Hongroise racontait ses voyages d'été à Sotchi, ses disputes avec les filles du coin et comment, un jour, des Finlandais complètement ivres l'avaient jetée, toute nue, dans le couloir.

— Et leurs bonnes femmes, remarquez, elles ont pris goût à venir chez nous. Elles viennent en touristes à Léningrad pour le week-end, et puis au lieu de visiter le croiseur Aurore, elles ramassent les clients à la pelle. C'est une amie à moi qui me l'a dit : elles leur enlèvent tout le travail. La milice les laisse tranquilles. Et à propos, elle m'a raconté une bonne histoire. Quatre prostituées se rencontrent : une Française, une Anglaise, une Allemande et une Russe. Elles commencent à discuter pour savoir laquelle des quatre accroche le mieux les hommes. Elles se sont alignées au coin de la rue Gorki et de l'avenue Marx, près du « National »...

À ce moment, sous la fenêtre, une voiture lança des coups de klaxon stridents. Ninka sauta et courut vers la fenêtre.

— Oh là là ! Voilà mon petit ami qui rapplique. Bon, je file.

La bonne histoire, elle la termina dans l'entrée en enfilant sa pelisse fourrée et en remettant du rouge à ses lèvres.

— Et toi, tu vas marcher tout l'hiver pieds nus ? s'étonna Svetka en examinant ses fins bottillons. Fais attention, tu vas te geler les orteils ; et après, plus de dollars pour rembourrer ton matelas ! Et alors sur quoi tu dormiras avec ton petit ami ?

Ninka, en ajustant devant le miroir sa toque en renard, leur répondit négligemment :

— Ah vous, les douillettes ! les princesses au petit pois ! Vous, vous êtes assises là, dans vos bureaux, contre vos radiateurs. Pour vous, c'est bien facile. On vous conduit dans une voiture de service jusque devant le lit. Mais nous, par tous les temps, on est là, debout, comme les soldats du Mausolée. Des bottillons, tu parles ! Achetez-moi un brevet. Quand on vous chassera du Centre, vous en aurez besoin !

— Et qu'est-ce que c'est que ce brevet? s'étonnèrent Olia et Svetka.

— Ce brevet? Tu achètes à la pharmacie un cataplasme au poivre, tu le coupes aux mesures de la plante du pied et hop, tu te le colles. Ça agit comme les sinapismes, mais ça dure plus longtemps et ça ne brûle pas tant. Dehors il fait moins trente et toi, tu peux sortir en souliers fins. Tu as chaud dans le corps comme si tu avais avalé un bon verre de vodka. Voilà, c'est comme ça, mes douillettes. C'est pas comme d'être vautré au « Kontik » et de siroter un cocktail.

Sous la fenêtre, la voiture klaxonnait sans cesse. « Ça va, j'arrive, maugréait Ninka. Ah! il ne supporte pas d'attendre. Les bottillons d'importation, je les ai mis pour lui. Peut-être qu'il m'épousera, moi, la fille perdue… »

Elles s'embrassaient en gloussant et Ninka dégringola l'escalier en faisant claquer ses talons.

Dehors déjà le soir bleuissait. Olia lavait la vaisselle. Svetka, assise, buvait lentement le reste du champagne éventé et grattait dans le carton à gâteau les petites noisettes qui étaient tombées.

— C'est la dernière coupe, se justifiait-elle. Demain je commence une vie nouvelle. Oh! Mais demain arrive de Paris l'homme à la parfumerie, et je dois me lever à cinq heures et demie…

Durant ces soirées Olia avait envie de parler de façon sincère et confiante avec Svetka. Lui demander : « Et toi, Svetka, tu l'aimes, cette vie-là? Ça ne t'arrive pas d'avoir peur? D'avoir peur que ta jeunesse passe… Et ce rythme… Depuis le premier contact quand tout est officiel, les souliers noirs, le tailleur strict, la femme d'affaires version soviétique... jusqu'à ce lit avec les draps d'Intourist. Moi, rien que leur odeur me fait vomir. Toi, ça ne te fait pas peur quand il t'arrive un bonhomme, tu sais, juste avant la retraite, le corps anémique, les aisselles fripées qui ont déjà une odeur de tombeau ? Le temps de le mettre en condition, tu transpires comme une masseuse ou une infirmière en salle de réanimation. Sa femme, depuis dix ans, il ne la trompait qu'avec des revues pornographiques, et maintenant bien sûr c'est l'exotisme russe, bons baisers de Moscou... Et ça, ça ne te fait pas vomir, Svetka ? Et pourtant non, avec les jeunes, c'est pire. Les vieux au moins, ça ne se prend pas au sérieux. Et puis ils paient bien. Les autres, ils s'imaginent nous rendre heureuses avec leurs biceps qui empestent le déodorant. Et avec ça, avares ! Ils ne se fendent même pas d'un demi-cent. Tu ne me croiras jamais, un jour j'ai vu un Italien qui bouclait ses valises. Il nous restait du petit déjeuner une demi-boîte de conserve de viande. Eh bien ! il l'a emballée dans du plastique et il l'a glissée dans la valise. Je lui dis : "Mais jette ça ! ça va se gâter dans l'avion !" Et lui, ça le laisse froid. Il rit : "Ça sera mon dîner à Rome..." On attend, on attend comme une imbécile. Et toi, Svetka, tu attends aussi, mais toi, sans te l'avouer. Et tu fais tourner ton hula-hoop comme un automate... »

Mais Olia n'osait pas le lui dire si crûment. Ce soir-là, elle prit les choses de loin, sur un ton plaisant. Pourtant Svetka comprit tout de suite où elle voulait en venir.

— Olietchka, là, c'est ton origine à demi moscovite qui remonte. Ninka avait bien raison : tout
comme sur un plateau d'argent ! Moscou ? Mais
je vous en prie. L'Institut ? Soyez les bienvenus !
Le Centre du commerce international ? Prenez
donc la peine d'entrer ! Tu aurais vécu comme
moi dans le village de Tiomny Bor de la région
d'Arkhangelsk, tu ne pataugerais pas dans ce
marécage existentialiste. Douze kilomètres pour
aller à l'école, et il faisait tellement froid que
quand tu crachais, ça gelait en l'air et ça sonnait
en tombant. Quand tu commençais à enlever le
linge qui séchait sur les cordes, il cassait. Tu le
rentres à la maison, tu regardes et hop, la chemise n'a plus de manches. Et les gens ! Quelle
sauvagerie ! Tu ne peux pas imaginer. La saoule-
rie généralisée. On avait un voisin, chaque jour,
avec sa femme, complètement saouls. Et tous les
ans un enfant. Neuf en tout. Tous un peu fêlés
bien sûr. À cause de la vodka, les parents étaient
devenus comme des bûches. Un nouvel enfant
arrive, ils lui donnent le premier nom qui leur
vient à l'esprit, et après, on se retrouve avec deux
Serge, deux Lioudka... Et toi, tu parles de peur ?
C'est ça qui fait peur ! Dans les magasins, rien
que des conserves de maquereaux à la tomate et
du mil charançonné. C'est tout ! Et aussi de la
vodka, bien sûr. Tout le village est couché ivre
mort et, pendant ce temps-là, les loups arrachent
les chiens de leurs niches... Tu dis : « La jeunesse
passe. » Et où ne passe-t-elle pas ? Le corps anémique... écoutez-moi ça... l'odeur du tombeau... Tu racontes Dieu sait quoi, surtout juste

106

avant de dormir. Et si tu t'étais mariée avec un petit cadre moscovite à cent cinquante roubles par mois, tu crois que ce serait plus gai ? Lui, il ne manquerait jamais de te rappeler sa propiska[1] moscovite, ses mètres carrés minables. Et où irais-tu travailler ? À l'usine ? Traduire des brevets pour cent trente roubles ? Au bout d'une semaine, tu aurais une telle angoisse existentielle que tu te mettrais balayeuse au Centre. Ne te monte pas la tête, personne ne te retient ici. Le K.G.B. ? Ah ! ils ont sûrement besoin de toi ! Ils n'ont qu'à siffler et de toute l'Union soviétique on viendra s'abattre sur ta belle petite place. On en trouvera de plus excitantes que toi ! Crois-moi sur parole. Ton problème, c'est que tu es trop gâtée. Regarde Ninka la Hongroise. Depuis sept ans, ni père ni mère : l'Assistance publique. C'est là, m'a-t-elle raconté, qu'à quatorze ans un éducateur l'a débauchée. Il l'a tirée dans la douche et tu peux deviner la suite. Une autre à sa place serait devenue depuis longtemps une épave et une ivrogne, tandis qu'elle, une poigne de fer… Elle s'offre un appartement coopératif à Iassenevo, s'achète une Volga dernier modèle. Elle se mariera et tout sera dans l'ordre. Elle a dans les trois cent mille roubles dans différentes Caisses d'épargne. Toi, tu pleurniches : l'existence sans but, l'attente inutile ; elle, elle se colle des sinapismes aux pieds, et la voilà qui file, bannière au vent ! Tu dis, mon Volodia ? Mais qu'est-ce que ça peut

1. Autorisation de résidence nécessaire pour habiter une ville. On l'obtient très difficilement à Moscou.

lui faire à lui ? Je ne le trompe pas. Un étranger, c'est le travail, pas de l'amour. En dehors de ça, je n'ai pas d'autre homme, tu le sais bien. Volodia, il a son service. Je ne peux pas lui courir après en Afghanistan. Et là-bas, remarque, on grimpe vite. En un rien de temps il aura ses trois étoiles de colonel. Alors on se mariera ; les étrangers, on n'en parlera plus et je demanderai un poste de bureau au Centre. Déjà maintenant, il est comme un coq en pâte. Quand il vient en permission, je le gave de caviar et il boit du vin qu'on ne trouve pas chez un ministre. Et en plus, je suis une femme avec laquelle il a un service de première qualité. Alors il aurait bien tort de se plaindre. Bon, Olia, assez bavardé. Allons regarder Vremia [1] à la télévision. C'est drôle… on n'a pas vu Andropov depuis longtemps. On dit qu'il est très malade. Et toi, tu as déjà fait toute la vaisselle, tu es gentille !

Puis, à demi étendue sur le divan, jetant des regards distraits sur l'écran, elle poursuivit d'une voix rêveuse :

— Tu sais, j'en ai parfois aussi, moi, de ce vague à l'âme… Il m'arrive aussi d'en avoir assez. Tu es couchée avec ce fichu capitaliste, il respire et te souffle dans l'oreille… Quelle tristesse ! Tu te dis : « J'étais une écolière en tablier blanc, j'attendais le prince charmant en manteau étoilé… » Et à propos, comment va ton prince du K.M.O. [2] ? Tu te rends compte quel fiancé je t'ai fait connaî-

---

1. Informations du soir.
2. Comité qui s'occupe de toutes les organisations de jeunesse dans le monde.

tre ! Et toi, tu te plains toujours... Un don des dieux, un fiancé pareil ! Les parents au COMECON, un appartement de quatre pièces sur Koutouzovski ! Tiens-le mieux que ça, ne le laisse pas s'envoler ! Tu n'en retrouveras pas un autre comme ça. Un futur diplomate !

On commençait à transmettre la météo.

— Oh là là ! Jusqu'à moins vingt-cinq, soupira Svetka. Non, demain j'achète des sinapismes.

« Tout est bien, pensait Olia. J'ai bien fait de parler avec Svetka. Elle a raison, je me casse trop la tête. Trop de nourriture me coupe l'appétit... »

Elle avait fait la connaissance de ce prince du K.M.O., Alexei Babov, en automne. Svetka l'avait invité à leurs fêtes bruyantes. Depuis, Olia le rencontrait souvent et il passait parfois la nuit chez elle. Elle le retrouvait aussi quelquefois chez lui. Dans sa chambre, il y avait sur l'armoire un violon dans son étui.

— Tu joues ? lui demanda-t-elle un jour.

— Non, c'est une fantaisie de jeunesse, lança-t-il négligemment.

Il cherchait à paraître plus âgé. Ses parents, en hâte, lui faisaient une carrière, et cette ascension rapide ne correspondait pas à son âge. Il s'habillait avec goût en assemblant, comme dans une mosaïque, des vêtements d'importation ; il trouvait tout, jusqu'aux boutons de manchette. Il avait les cheveux noirs, les yeux bleus et la peau des joues extrêmement douce. Dans ses relations intimes avec lui, Olia s'étonna d'abord du caractère méthodique et de la complexité des poses

109

qu'il inventait. C'était de l'acrobatie amoureuse. Un jour, en regardant les livres de sa bibliothèque, elle trouva sur un rayon le plus élevé, entre un volume de droit international et les « Organisations de jeunesse en France », un livre en français : *Le Savoir-faire amoureux*. Les accouplements les plus invraisemblables étaient décomposés en figures successives comme des techniques de lutte. La porte claqua, Alexei revenait. Olia rangea précipitamment le livre et sauta de sa chaise…

Oui, vraiment, tout allait bien. Un travail vivant, un cortège incessant de visages et de noms, le remue-ménage qui annonçait le nouvel an. C'était agréable de plaire, de le voir dans le regard d'hommes soignés et pleins d'assurance. Agréable de porter son corps jeune et ferme, d'imaginer son visage, ses yeux, dans cette agitation humaine de la capitale. Et de se sentir adulte, indépendante et même un peu agressive.

Olia ne savait pas que, vu de profil et à contrejour, le reflet de son visage semblait presque transparent et d'une finesse juvénile, et rappelait le visage de sa mère au même âge. Mais cela, seul son père le voyait. Et même lui le voyait à travers une telle amertume du passé que, malgré lui, il secouait la tête comme pour chasser cette fragile ressemblance.

3

— «On ne peut plus reculer, qu'il dit. Derrière nous, Moscou!» Et derrière nous, nom de Dieu, des mitrailleuses! Ha! Ha! Ha! Maintenant Gorbatchev va tous les foutre en l'air. Tu as lu sur Brejnev, dans les *Izvestia*! On écrit : la stagnation, la maffia… Et avant, c'était «le socialisme développé». Ça, c'est ce qu'on appelle une volte-face! Et sur Staline aussi, tu as lu, Vania? Les Mémoires de Khrouchtchev… Nikita écrit — quand la guerre a éclaté, Staline, de peur, a fait dans ses culottes. Il s'est barricadé dans sa datcha et ne laissait entrer personne. Il pensait qu'il était fichu. Et à nous on racontait des bobards : «Il a organisé la lutte… il a tracé la stratégie de la victoire…» Un sacré généralissime!

Ivan dodelinait de la tête, n'associant qu'avec peine cette voix et la tache pâle du visage qui flottait dans la fumée nacrée du tabac. Entre les tables naviguaient des serveurs à la carrure de gorilles et à la physionomie de videurs. Avec leurs doigts en éventail ils portaient des grappes de bocks.

Ivan ne comprenait presque plus rien de ce que lui disait son voisin — celui qui pendant la guerre avait servi dans les transmissions. Il entendait seulement : «Staline… Staline…» Et confusément cela faisait remonter en lui une image du passé : la plaine glacée de la place Rouge, le 7 novembre 1941, le flot interminable des soldats transis et lui-même enfin, au milieu de ces colonnes glacées. Le Mausolée apparut, de plus en plus proche. Et déjà le chuchotement des soldats, comme un murmure de vagues, parcourt les rangs : «Staline… Staline…» Soudain il l'aperçoit sur la tribune du Mausolée, dans la vapeur glacée des respirations. Staline ! Calme, immobile, inébranlable. À sa vue quelque chose de presque animal tressaille en chacun d'eux. Chacun d'eux se croit regardé par lui au fond des yeux.

«Après ce défilé, les soldats partaient directement au front», expliquera après la guerre la voix assurée du présentateur commentant ce document d'époque. Et chacun emportait dans son cœur les paroles inoubliables du Chef suprême des armées : «Notre cause est juste ! La victoire sera à nous !»

Et eux marchaient, marchaient toujours, régiment après régiment ; et dans leurs yeux exorbités se reflétaient les murs crénelés du Kremlin, le Mausolée givré qui semblait être en daim blanc, et un homme de taille moyenne dont la moustache était recouverte de gouttelettes argentées…

Près de leur table surgit un colosse, une serviette blanche sur le coude, qui, regardant d'un air blasé les trois vétérans ivres, lança :

— Alors, les grands-pères, je remets ça ou on fait les comptes ?

— Vas-y, mon fils, une dernière tournée avant de partir, beugla le voisin d'Ivan. Tu vois, nous, on s'est rencontré ici, on est tous presque du même régiment, on a fait la guerre sur le même front. Seulement moi, j'étais dans les transmissions, Vania dans l'artillerie et Nicolaï…

En hoquetant il se mit à raconter sa guerre avec de larges gestes sur la table. Le serveur attrapa les bocks vides et s'en alla en bâillant chercher la bière.

Ivan revoyait maintenant, non pas la place Rouge, mais une cour recouverte de boue pétrifiée par le froid et la neige sèche, entourée de baraquements, ou bien de casernes. On les a parqués là et gardés dans le vent glacé, plusieurs heures. On a aussi amené sur de grandes télègues des gars de la campagne, mal dégrossis, aux vestes ouatées, aux chapkas ébouriffées, aux valenki[1] avachis. Personne ne sait ce qui va arriver — si on va les envoyer tout de suite en première ligne ou si on va les laisser là, les nourrir ou les fourrer à la caserne, sur les bat-flanc. Et le bleu du ciel bas d'hiver se durcit lentement. Le crépuscule descend. Il neige et ils sont toujours debout, plongés dans un engourdissement ensommeillé et silencieux. Et soudain, quelque part du côté des télègues, dans un cri strident

1. Hautes bottes de feutre.

rugit la garmochka[1]. C'est un gars de la campagne qui joue, avec une crinière de boucles dorées pas encore tondue, sans chapeau, une veste de mouton usée déboutonnée... Il joue *Iablotchko*[2], il joue avec une passion désespérée, en tirant furieusement sur sa garmochka. Son regard aveugle se perd au loin, quelque part au-dessus des têtes. Au milieu des soldats qui l'entourent un marin danse avec la même passion désespérée, frappant violemment des talons la terre glacée. Il est de taille moyenne, robuste, les traits du visage taillés à la serpe. Maillot de marin, caban noir. Il danse avec violence, découvrant ses dents dans un rictus sauvage et figé, fixant lui aussi l'horizon gris dans une ivresse aveugle. L'accordéoniste joue de plus en plus vite en se mordant les lèvres et en secouant la tête avec frénésie. Et le marin frappe la terre de plus en plus fort. Les soldats envoûtés regardent son visage défiguré par la souffrance bienheureuse. Ils ne savent plus où ils sont, ils ne pensent plus à la nourriture, ni au sommeil, ni au front. L'officier qui s'est approché pour mettre fin à cette gaieté par un grand coup de gueule s'arrête et regarde en silence. Les chaussures du marin sont lourdes comme si elles étaient en fonte. Elles sont lacées avec des bouts de fil télégraphique...

Le serveur apporte la bière, pose les bocks sur les traînées humides de la table. Soudain, tout à fait clairement, comme chez celui qui n'a rien

1. Petit accordéon russe.
2. *Petite pomme*, chanson de marin.

114

bu, résonne dans la tête d'Ivan une question : « Mais où est-ce qu'il peut bien être maintenant, ce petit marin ? Et cet accordéoniste frisé ? » Et tout à coup de la pitié pour eux le saisit. Et, sans savoir pourquoi, de la pitié aussi pour ceux avec qui il boit. Son menton commence à trembler et, à demi couché sur la table, il tend les bras pour les embrasser et ne voit plus rien à travers ses larmes.

Avant de s'en aller, ils boivent la troisième bouteille de vodka et, titubant, se soutenant l'un l'autre, sortent dans la rue. La nuit est pleine d'étoiles. Sous les pieds crisse la neige glacée. Ivan glisse et tombe. Le télégraphiste le relève avec peine.

— C'est rien ! C'est rien, Ivan ! T'en fais pas, on va te rentrer. T'y arriveras, t'en fais pas…

Ensuite il se produit quelque chose d'étrange. Nicolaï tourne sous un porche. Le télégraphiste fait asseoir Ivan sur un banc, s'en va chercher un taxi et ne revient plus. Ivan se relève avec difficulté : « J'y arriverai tout seul, pense-t-il. Maintenant il va y avoir un magasin, puis le Raïkom, et après je tourne à gauche… »

Mais au tournant il ne voit pas l'immeuble à quatre étages et son entrée familière, mais une large avenue sur laquelle filent des voitures. Il s'arrête, ébahi, s'appuyant au mur de la maison. Puis, chancelant, il revient sur ses pas, fuyant la grande avenue qui n'existe pas à Borissov. Ces congères-là, elles, elles existent bien à Borissov. Il faut les longer. Et ce banc, et cette palissade aussi existent. Oui, oui, maintenant il n'a plus qu'à traverser cette cour… Mais au bout de la cour se dresse une invraisemblable apparition — un énorme gratte-ciel pareil à une fusée illuminée de milliers de fenêtres. Et de nouveau il rebrousse chemin, glisse, tombe, se relève en s'agrippant à un arbre plein de givre. De nouveau il va vers les congères familières, le banc, sans comprendre qu'il n'est pas à Borissov mais à Moscou, qu'il tourne autour de la gare de Kazan où il est descendu du train, ce matin.

Deux voitures freinèrent presque en même temps près de la congère où Ivan était étendu. L'une d'elles, celle de la milice, ramassait les ivrognes pour les amener au dessoûloir ; l'autre était l'ambulance des urgences. La première faisait sa ronde de minuit, l'autre avait été appelée par une retraitée au bon cœur qui, de sa fenêtre, avait vu Ivan couché par terre. La chapka avait volé à cinq mètres lorsqu'il était tombé. Aucun des passants attardés n'en avait eu envie — qui a besoin d'un vieux couvre-chef fripé de chauffeur ? En tombant, Ivan s'était écorché la joue à l'angle du banc, mais le sang froid s'était figé sans avoir même coloré la neige.

De la cabine de la fourgonnette descendit un milicien ensommeillé ; de la voiture des urgences sauta une jeune infirmière, un manteau jeté sur sa blouse blanche. Elle se pencha sur le corps étendu et s'exclama :

— Ah ! Ce n'est pas de notre ressort. À quoi bon nous téléphoner ? C'est un ivrogne ! Ça crève les yeux ! Et ils vous téléphonent : «Venez vite, il y a quelqu'un par terre, sur la route… peut-être renversé par une voiture. Ou bien un arrêt cardiaque…» Tu parles ! Il empeste à trois kilomètres !

Le milicien se pencha également, tira le corps par le collet en le renversant sur le dos.

— Nous, on ne le prend pas non plus. Il a tout le visage en sang. Pour un poivrot, c'est sûrement un poivrot. Mais il y a dommage corporel… C'est à vous de le soigner. Nous, on ne s'en occupe pas.

— Alors vous, vous y allez fort ! s'indigna l'infirmière. Le soigner ! Il va vomir dans tout le service. Et qui va nettoyer ? Déjà on ne trouve plus de femme de ménage…

— Et moi je vous dis que ce n'est pas notre affaire de ramasser les gens qui ont un dommage corporel. Dans le fourgon, il va peut-être crever. Ou bien sous la douche, en perdant son sang.

— Quelle perte de sang ? Ne nous faites pas rire. Pour cette éraflure ? Tenez, regardez-le, son dommage corporel…

L'infirmière s'accroupit, retira de sa sacoche une petite fiole d'alcool et un tampon de coton, et essuya l'éraflure sur la joue d'Ivan.

— Le voilà, votre dommage corporel, dit-elle en montrant au milicien le coton légèrement bruni. Ça ne coule même pas.

— Très bien. Puisque vous avez commencé à le soigner, soignez-le jusqu'au bout. Ramassez-le et finissons-en.

— Pas question ! Ramasser les pochards, c'est

votre travail. Sinon à quoi bon tous les dessoû-loirs ?

— À quoi bon ? Si on le prend maintenant, avec sa trogne en sang, demain matin il va gueu-ler : « Les flics m'ont tabassé ! » Allez prouver le contraire ! Tout le monde est instruit mainte-nant. À la moindre histoire, paf ! un article dans le journal : violation de la légalité socialiste. Eh oui ! C'est la Glasnost maintenant... Avec Gor-batchev, ça pullule, les démagogues. Sous Sta-line, on vous aurait vite mis où il fallait... Bon ! Si c'est comme ça, faites-moi une attestation comme quoi il a la tête en sang. Sinon, je ne le prends pas.

— Mais je n'ai pas le droit de faire une attes-tation tant qu'il n'a pas été examiné.

— Alors, examinez-le...

— Pas question. On ne s'occupe pas des ivrognes !

La dispute s'éternisait. De la voiture des urgen-ces descendit le chauffeur ; le deuxième milicien sortit de la fourgonnette jaune du « Service médi-cal spécial ». Il poussa de la botte le corps étendu et marmonna :

— Pourquoi discuter comme ça ? Il a peut-être déjà cassé sa pipe. Laissez-moi voir.

Il se pencha et très brutalement appuya deux doigts derrière les oreilles d'Ivan.

— Voilà, retenez bien ce petit truc, ricana-t-il en jetant un clin d'œil à l'infirmière. Ça vaut mieux que tous vos sels. Ça réveille un mort.

Sous le coup d'une douleur insoutenable, Ivan ouvrit des yeux hagards et râla sourdement.

— Vivant! gloussa le milicien. Il lui en faut plus! Il est couché sous le réverbère comme pour bronzer! Bon, Sérioja, apparemment il faut qu'on le ramasse. De toute façon, on ne peut pas confier cet homme à ces toubibs. Ils les esquintent plus qu'ils ne les soignent.

— Et vous, vous êtes des petits saints! riposta l'infirmière, heureuse d'avoir eu finalement gain de cause. Tenez, dans la *Pravda* l'autre jour, il y avait un article sur les dessoûloirs. On amène un ivrogne et on le dévalise. On lui vole sa paie, sa montre, on lui prend tout...

— Bon, bon! ça suffit! coupa le milicien. Fermez-la. Nous en avons assez déjà avec Gorbatchev et ses discours. Il nous casse les oreilles avec sa perestroïka...

L'infirmière sauta dans la voiture, claqua la porte, et le véhicule des urgences s'en alla.

On tira Ivan dans la fourgonnette et on le laissa tomber sur le plancher. L'un des miliciens s'assit au volant, l'autre déboutonna le haut du manteau d'Ivan et chercha ses papiers. Il sortit un livret froissé, le tourna vers la lumière et commença à le déchiffrer. Soudain il émit un sifflement de surprise.

— Nom de Dieu, Sérioja, un Héros de l'Union soviétique! Et ces foutus médecins qui ne nous l'ont pas pris! Et maintenant, qu'est-ce qu'on en fait?

— Et qu'est-ce qu'on peut en faire, nous? Pour nous, Héros de l'Union soviétique ou même cosmonaute, ça nous est bien égal. Notre boulot est simple : on le trouve, on le charge, on le ramène, et c'est tout. Et là-bas, c'est à l'officier de décider. Bon, on y va. Ferme cette putain de porte, j'ai déjà les pieds glacés.

Ivan s'était mis à boire tout de suite après la mort de sa femme. Il buvait beaucoup, avec acharnement, sans se l'expliquer, sans se repentir, sans jamais se promettre de ne plus boire. Borissov est une petite ville. Bientôt tout le monde connaissait l'histoire du Héros devenu ivrogne.

Le chef du parc des véhicules convoquait Ivan de temps à autre et, avec indulgence, comme s'il s'adressait à un enfant qui avait fait une bêtise, il lui faisait la morale :

— Écoute, Dmitritch, ce n'est pas bien. Il te reste deux ans avant la retraite et toi, tu fais un cirque pareil ! On t'a encore une fois ramassé ivre mort et en plein jour. Encore heureux que la milice locale te connaisse bien, sinon on t'aurait vite expédié au dessoûloir. Je te comprends, tu as ton chagrin, mais tu n'es pas un homme fini. Et puis n'oublie pas que tu tiens un volant. Tu risques d'écraser quelqu'un ou de te tuer toi-même. Et en plus, quel exemple tu donnes à la jeunesse !

On le convoqua au Raïkom, ainsi qu'au Conseil des Vétérans, mais en vain.

Au Raïkom, Ivan écoutait les reproches incessants et les admonestations du secrétaire ; soudain il le coupa d'une voix fatiguée :

— Assez de balivernes, Nicolaïtch. Tu ferais

120

mieux de te demander comment nourrir le peuple. Et au lieu de ça, tu racontes des bêtises — le devoir du communiste, le sens des responsabilités... Ça fait mal de t'écouter !

Le secrétaire explosa :

— À force de boire, tu oublies où tu te trouves, Héros ! Comment peux-tu dire ça, toi, un membre du Parti ?

Ivan se leva et, se penchant vers le secrétaire par-dessus la table, laissa tomber d'une voix basse et sèche :

— Moi, maintenant, je peux tout... C'est clair ? Et ma carte du Parti, je peux te la ficher ici, sur la table, tout de suite !

Au Conseil des Vétérans, les retraités rassemblés savouraient d'avance un spectacle gratuit. Ivan les déçut tous. Il ne se justifia pas, ne se défendit pas et ne discuta pas avec ses accusateurs véhéments. Il était assis, hochant la tête, et même il souriait. Il pensait : « À quoi bon heurter ces vieillards ? Qu'ils parlent ! Qu'ils se soulagent ! Ce n'est pas de la méchanceté chez eux, c'est de l'ennui. Tiens, celui-là, il s'emballe tellement qu'il fait tinter ses médailles. Drôle de bonhomme ! Il s'est mis sur son trente et un. Il n'a pas ménagé sa peine... »

Le spectacle n'eut pas lieu.

Vers le 9 mai, comme s'il se conformait à un jeûne à lui seul imposé, Ivan cessa de boire. Il donna un coup de balai dans les chambres qui paraissaient inhabitées depuis longtemps. Il nettoya son costume de fête, frotta avec de la poudre dentifrice ses médailles et son Étoile d'or et attendit les pionniers. D'habitude ils venaient quelques jours avant la fête de la Victoire, lui présentaient l'invitation sur une carte bigarrée et, après avoir balbutié les paroles de circonstance, dégringolaient l'escalier avec des cris de joie.

Il les attendit presque une semaine. « Ils ont dû oublier, ces gamins, pensa-t-il ; ils ont autre chose en tête. Tant mieux pour moi. À la longue, c'était lassant de raconter les mêmes histoires chaque année. »

Mais le 8 mai, il mit toutes ses décorations et sortit. Il se demandait avec curiosité : « Pourquoi est-ce qu'on ne m'a pas invité ? Si on en a invité un autre, qui est-ce ? »

Il longea deux fois l'école, mais personne ne vint à sa rencontre. Puis il s'assit dans un square d'où l'on voyait la porte de l'école. Les gens qui passaient près de lui le saluaient avec un petit sourire dédaigneux, l'air de dire : « Ah ! le Héros ! On t'a vu ivre mort sous un banc... »

Dans sa tête, comme par un fait exprès, résonnaient les phrases de ses discours d'autrefois : « Eh bien, mes amis, imaginez-vous la steppe brûlante, l'été quarante-deux. Au loin flambe Stalingrad et nous, une poignée de soldats... »

Il se retournait de plus en plus souvent vers la porte de l'école, s'en voulait à lui-même, mais ne parvenait pas à maîtriser sa curiosité. Enfin elle s'ouvrit toute grande et le flot des écoliers, criant et se chamaillant, se déversa dans la rue. « La leçon du souvenir et du patriotisme » était finie.

Sur le seuil apparurent alors un militaire et l'institutrice qui l'accompagnait. À la main, le militaire tenait trois œillets rouges. Dans la ruelle, Ivan le rejoignit. C'était un jeune sergent, le fils d'un chauffeur de leur parc de véhicules.

— Alexeï, tu es déjà démobilisé? demanda Ivan avec un étonnement enjoué.

— Depuis l'automne dernier, Ivan Dmitritch. Et après, j'ai traîné à l'hôpital. J'ai eu un pied arraché par une explosion. Tu vois quel genre de godasses je porte maintenant.

Ivan baissa les yeux. L'un des pieds du jeune sergent était chaussé d'une bottine orthopédique monstrueusement gonflée.

— Et comment ça va, là-bas, en Afghanistan? C'est drôle, mais ils n'en parlent pas dans les journaux...

— Mais qu'est-ce qu'ils peuvent en dire? Là-bas, on est dans le pétrin jusqu'au cou...

— Et alors comme ça, tu viens de l'école?

— Oui, on m'a invité à la leçon de patriotisme.

— Et qu'est-ce qu'ils t'ont demandé, les élèves?

— Ils ont posé des questions sur le devoir des soldats internationalistes et sur la fraternité des armes. Et un cancre, d'une table du fond, s'est levé et a dit: «Dites, s'il vous plaît, camarade sergent-chef, combien vous en avez tué, vous personnellement, de moudjahidin?» Et voilà... Les prothèses qu'on nous fabrique, elles sont franchement dégueulasses. Quand tu marches dans la rue, tu grinces des dents. Et quand tu les délaces, il y a du sang plein les bottes. Elle est dure comme… Bon, Ivan Dmitritch, bonne fête, mes félicitations pour la Victoire ! Tiens, voilà les fleurs. Prends-les, Dmitritch. Tu es un Héros, tu les mérites. Offre-les à ta femme… Quoi ?… Mais quand ?… Bon Dieu ! Quelle affaire ! Et moi je n'en savais rien. Ça fait seulement cinq jours que je suis sorti de l'hôpital. Bon, Ivan Dmitritch, tiens le coup… Et… mes félicitations pour la Victoire !

Un an après, Ivan prit sa retraite. Le chef du parc des véhicules eut un soupir de soulagement. On lui fit des adieux solennels ; on lui offrit un lourd nécessaire de bureau en marbre gris et une montre électronique. La montre, Ivan la vendit presque tout de suite : la vodka avait augmenté et sa retraite lui suffisait à peine. Le nécessaire de bureau, personne n'en voulait, pas même pour trois roubles.

Cette année-là, Gorbatchev arriva au pouvoir. Ivan suivit ses discours à la télévision. C'était au mois de mar, au moment de son jeûne. Il produisait une étrange impression, à la tribune, ce vif et loquace Gorbatchev enlevant et remettant ses lunettes, lançant des plaisanteries :

— Il nous faut développer le système des potagers, disait-il en gesticulant comme un prestidigitateur qui voudrait fasciner son public. Vous savez, les petits jardins, les petits potagers. Quelques millions d'hommes chez nous désirent devenir propriétaires des terrains et nous, pour le moment, nous ne pouvons satisfaire leur demande…

Il y avait très peu de gens alors qui devinaient

que toute cette mise en scène, tous ces « potagers », étaient réellement de la prestidigitation destinée à endormir la vigilance. En Russie, il était toujours nécessaire de jouer cette préalable comédie d'humilité, ce qui permettait de grimper sur le trône. Khrouchtchev exécutait des danses populaires devant Staline, Brejnev s'évanouissait devant Kaganovitch, Gorbatchev faisait des tours de passe-passe devant les vieux maffiosi du Politburo qu'il avait à combattre.

Cette année-là, comme l'année précédente, Ivan reprit ses esprits pour quelques jours. Il fit le ménage de l'appartement, traversa la ville avec toutes ses décorations, se rendit au cimetière. La photo de Tatiana dans le médaillon de la stèle avait jauni et s'était gondolée à cause des pluies. Mais elle sembla à Ivan étrangement vivante.

En passant près du mur d'honneur de la ville, il vit qu'on avait déjà enlevé sa photo. Il ne restait plus qu'un cadre métallique vide et un stupide fragment d'inscription : « Héros soviétique... du parc n° 1... ».

Les gens n'oubliaient pas qu'il était un Héros. La milice, en souvenir d'autrefois, le déposait chez lui quand il était anéanti par la vodka. Au magasin, quand il n'avait pas assez d'argent pour sa bouteille, la vendeuse lui faisait crédit.

Son appartement se vidait peu à peu. Il vendit le tapis acheté autrefois à Moscou avec Tatiana. Pour presque rien il écoula tout ce qui était vendable dans ses meubles. L'intervention de Gorbatchev sur les petits potagers fut la dernière émission qu'il regarda : il échangea son poste de télévision contre trois bouteilles de vodka. Il exécutait tout cela avec une insouciance qui l'étonnait lui-même. Il alla même jusqu'à se défaire des bagues et des boucles d'oreilles conservées dans le coffret à bijoux de sa femme, et de quelques cuillères d'argent.

Un jour, à l'automne, il ne parvenait pas à se procurer de l'argent pour boire. Le vent froid ramenait ses compagnons de boisson à la maison ; au magasin travaillait maintenant une nouvelle vendeuse ; ses voisins riaient et claquaient la porte quand il voulait leur emprunter trois roubles. Il erra quelque temps à travers les rues sales et froides, puis rentra chez lui et tira de l'armoire son costume de fête avec toute sa batterie. Il regarda un moment ces lourdes écailles dorées et argentées en palpant leur métal froid et décrocha l'ordre de la Bannière rouge de guerre. Il n'eut pas le courage d'essayer de la vendre à Borissov. On le connaissait trop ici et sans doute personne ne serait tenté. Il fouilla toutes ses poches, ramassa la petite monnaie et acheta un billet pour Moscou. Il y vendit son ordre pour vingt-cinq roubles et s'enivra.

Il se rendit alors à Moscou presque chaque semaine.

À son Étoile d'or seule, il ne toucha pas. Il savait qu'il n'y toucherait jamais.

Au dessoûloir, en fouillant ses vêtements, on trouva deux médailles « Pour la bravoure » et l'ordre de la Gloire du deuxième degré envelop-

126

pées dans un morceau de papier journal froissé. Au stylo à bille Ivan y avait inscrit « dix roubles » pour chaque médaille, « vingt-cinq roubles » pour l'ordre, afin de ne pas se tromper dans son ivresse — d'autant plus qu'il fallait vendre vite dans un coin obscur. L'officier de service informa de cette découverte la section des recherches criminelles.

Au matin, on le laissa partir. Il marcha lentement, sans bien savoir où il allait, en avalant de ses lèvres asséchées l'air frais et bleu, les yeux plissés sous le soleil éclatant de mars. Il ne désirait qu'une chose : vite acheter une bouteille d'alcool et, sans verre, au goulot, en s'étranglant, aspirer quelques gorgées salutaires. Il chercha dans ses poches et, n'arrivant pas à croire à une telle aubaine, tira les médailles et l'ordre. « Ils ne me les ont pas pris, pensa-t-il avec joie. Alors ? Ils ne fouillent plus dans cette baraque… ? »

Le milicien chargé de prendre Ivan en flagrant délit alla trop vite. Ivan venait juste de déballer sa fortune. Le trafiquant n'avait pas encore sorti son argent. Il vit le milicien en civil surgir devant eux et se mit à bâiller avec indifférence.

— Ah ! Ah ! petit père, ce sont des décorations de guerre que tu as là ! Non, ça ne m'intéresse pas. Ça, tu sais, c'est un truc à se retrouver en taule. Moi, je ne m'occupe pas de ça.

Le milicien jura de dépit et en brandissant sa carte rouge montra à Ivan une voiture qui les attendait.

Le soir, il rentra à Borissov. À la milice, on avait décidé de ne pas donner de suite. D'abord il n'avait pas été pris en flagrant délit. Ensuite, c'était tout de même un Héros. Il revint par un train surchargé. Les gens en sueur, hébétés par la fatigue des queues moscovites, transportaient de gros colis de provisions. Le 8 mars, fête des Femmes, approchait. Ivan, debout, pressé contre une porte grinçante, tapotait machinalement les médailles rondes et lisses dans sa poche et pensait : «Si seulement quelqu'un me parlait… Ils sont là, renfrognés… Ils se taisent, avec leur mangeaille dans le sac. Ça serait bien de crever ici, tout de suite. On m'enterrerait et tout serait fini… Tiens, le printemps arrive, la terre est déjà toute molle. Qu'est-ce que ça fond vite… »

De Moscou on envoya au Raïkom du Parti un rapport sur Ivan. On relatait l'épisode du dessoûloir et le trafic des décorations. L'affaire alla jusqu'au Comité central : «Comment ! Le Héros de Stalingrad est devenu un alcoolique qui trafique avec ses médailles de guerre ! Et précisément à l'approche du quarantième anniversaire de la Victoire ! » Et de plus, les tours de passe-passe de Gorbatchev se révélaient ne pas être des tours de passe-passe ; les premières têtes tombaient déjà. C'était l'an Un de la Révolution gorbatchévienne.

Du Comité central on avait téléphoné à l'Obkom[1], de l'Obkom au Raïkom. Les objurgations faisaient boule de neige. Le secrétaire du Raïkom, encore sous le coup de la semonce, forma

1. Comité régional du Parti.

nerveusement le numéro du Comité militaire régional. On y convoqua Ivan par un simple avis. L'officier qui le reçut lui demanda de présenter son livret militaire et son livret de Héros de l'Union soviétique. «On va encore m'accrocher un petit bout de ferraille commémorative», pensa Ivan.

Sans même ouvrir les documents militaires, il les rendit à Ivan ; son livret de Héros, il le jeta d'un geste vif dans le coffre-fort dont il claqua la petite porte épaisse.

— Pour le moment, votre livret restera chez nous, dit-il sèchement.

Et d'un ton grave, il ajouta : «D'après les instructions du Raïkom.»

Ivan, dans un élan dérisoire eut un geste vers le coffre-fort, comme pour atteindre sa petite porte. Mais l'officier se leva et cria dans le couloir :

— Sergent, accompagnez le citoyen vers la sortie.

Au Raïkom, Ivan, repoussant la standardiste qui essayait de lui barrer le chemin, fit irruption dans le cabinet du secrétaire. Celui-ci parlait au téléphone et quand Ivan l'interpella en criant, il boucha de la paume l'écouteur et dit à voix basse :

— Je vais te faire mettre dehors par un milicien !

Lorsqu'il eut fini de parler, il regarda méchamment Ivan et scanda :

— Nous adresserons une requête auprès des instances supérieures, camarade Demidov, pour solliciter l'abrogation de votre titre de Héros de l'Union soviétique. Voilà. Notre entretien est terminé. Je ne vous retiens plus.

— Ce n'est pas toi qui m'as décoré, ce n'est pas toi qui vas me priver de ce titre, souffla sourdement Ivan.

— Exactement. Ce n'est pas de mon ressort. C'est de la compétence du Soviet suprême. Là-bas ils examineront si un alcoolique dépravé a le droit moral de porter l'Étoile d'or.

À ces mots, Ivan éclata d'un rire pesant :

— Non. L'Étoile, vous ne me la prendrez pas, bande de salauds. Même les Fritz, au camp, ne me l'ont pas trouvée. Et eux, combien de fois ils ont fouillé ! Moi, je la vissais au creux de ma paume. Ils criaient : « Les mains en l'air ! » Et moi, j'écartais les doigts, mais elle tenait bon. Voilà. Comme ça !

Et Ivan avec un sourire amer montra au secrétaire les cinq branches de l'Étoile incrustées dans sa paume. Le secrétaire se taisait.

— C'est comme ça, citoyen-chef, répéta Ivan qui ne souriait plus. Quoi ? Tu ne le savais pas que j'avais été prisonnier ? Mais personne ne savait ! Si on l'avait découvert, il y a longtemps que je pourrirais à la Kolyma. Allez, va ! Téléphone au Comité militaire. Que ces rats cherchent un peu ! Ils trouveront peut-être un trou de deux mois en quarante-quatre. Et l'Étoile, vous ne me la prendrez pas. Il faudra l'arracher à mon cadavre...

Ivan ne se décidait pas à rentrer. Il avait peur de voir de nouveau le portemanteau vide dans le couloir, le tas gris de linge sale, le lavabo jaune de rouille. Il tourna longtemps dans les rues boueuses de printemps et, apercevant quelqu'un qui allait le croiser, bifurqua. Puis il contourna la fabrique de meubles derrière laquelle s'étalaient déjà les champs et déboucha sur un terrain vague sentant la neige humide. Tout près, couvert de glace spongieuse, un ruisseau murmurait doucement. Sur le talus, par endroits, la neige avait déjà fondu, découvrant une terre noire et gonflée. Cette terre s'écartait sous les pas d'une façon douce et souple. Et de nouveau elle parut à Ivan non pas effrayante, mais chaude et tendre comme l'argile des rivières.

«Je dure trop longtemps, pensait Ivan. J'aurais dû partir plus tôt. On m'aurait enterré avec tous les honneurs.» Il comprit que pendant tout ce temps-là, il avait espéré une fin brutale et inattendue, une fin qui serait arrivée d'elle-même et qui aurait balayé dans le néant cet appartement mort, ce porche sombre avec les ivrognes, et lui-même. C'est pour cette raison qu'il se détruisait avec une telle insouciance, presque avec joie. Mais la fin ne venait pas.

Quand il commença à faire nuit, Ivan rentra en ville, tourna de nouveau dans les rues — le cinéma «Le Progrès», le Raïkom, la milice. Près du Gastronom serpentait une grande queue. L'un des hommes, au bout de la file, laissa tomber un sac plein de bouteilles vides. Il se mit à en retirer les débris, se coupa les doigts et jura d'une voix fatiguée et monotone.

« Si seulement je pouvais acheter un demi-litre et l'avaler avant… sinon je n'aurai peut-être pas le courage », pensa Ivan. Mais il n'avait pas de quoi le payer. « Bon, je vais essayer de trouver les somnifères. Mais il faut que je m'en occupe plus tard, sinon les voisins vont flairer quelque chose. »

Et il continua à errer. Vers la nuit, le froid fit briller les étoiles. Sous les pieds craquait la neige givrée. Mais le vent sentait déjà le printemps. Près de chez lui, Ivan leva la tête — presque toutes les fenêtres étaient déjà noires. Il faisait noir aussi dans la cour de l'immeuble. Noir et silencieux. Dans le silence Ivan entendit derrière lui le crissement léger de la neige sous les pattes d'un chien errant. Heureux à l'idée de pouvoir le caresser et de regarder dans ses yeux inquiets et tendres, il se retourna. Le vent de la nuit faisait rouler par terre une boule de journal froissé…

Ivan passa l'entrée et s'apprêtait à monter chez lui, au troisième ; mais il se souvint qu'il fallait regarder le courrier. Sa boîte, il ne l'ouvrait pas pendant des semaines, sachant que si quelque chose y tombait, c'était presque à coup sûr par erreur. Sa fille lui envoyait trois cartes par an : le jour de l'Armée soviétique, son anniversaire et la fête de la Victoire. Les deux premières dates étaient déjà passées, la troisième encore loin. Cette fois, il trouva une lettre. Seuls les étages supérieurs étaient éclairés et devant la boîte régnait une obscurité presque complète.

« Moscou », déchiffra Ivan sur l'enveloppe. « Ça doit être la facture du dessoûloir. Ah ! ils sont rapides… On sent bien là la capitale… »

132

Pendant ses errances à travers la ville, il avait eu tout le temps de bien rassembler ses idées. Il y avait pensé avec un détachement surprenant comme s'il s'agissait de quelqu'un d'autre. Il se rappela où se trouvait, dans le désordre de la cuisine, un rasoir ; et dans quel tiroir de la commode, les comprimés. Avec ses voisins de palier, ses relations s'étaient détériorées. C'est pourquoi, le billet demandant qu'on passe le voir, il décida de le glisser sous la porte de l'appartement du dessus où habitait un robuste magasinier, Jora. Avec lui il s'entendait bien, et parfois ils buvaient ensemble. «C'est bien, il est costaud. Il n'aura pas la frousse, lui, pensait Ivan. C'est important. Un autre aurait un coup au cœur... »

En montant l'escalier, il se tâtait le cou, cherchant où le sang bat le plus fort. «Ça doit être ça, la carotide. Oh ! que ça cogne ! L'important, c'est de l'atteindre au premier coup. Sinon, tu vas courir comme un poulet à demi égorgé ! »

À la maison il prit le rasoir et retrouva les somnifères. Sur un morceau de papier il écrivit : «Jora, viens au 84. C'est important.» Il alla glisser le billet sous la porte.

Revenu chez lui, il fit le tour de l'appartement, jeta un coup d'œil sur une photo à l'encadrement de bois : Tatiana et lui encore tout jeunes, et derrière eux des palmiers et la silhouette brumeuse des montagnes. Puis, après avoir pris un verre d'eau au robinet, il commença à avaler les comprimés l'un après l'autre.

Bientôt Ivan sentit un brouillard épais, étouffant tous les sons, tournoyer lentement dans sa tête. Il ouvrit le rasoir et, comme pour se raser, leva le menton.

À cet instant il se souvint qu'il avait claqué la porte et qu'il fallait la laisser ouverte, sinon Jora ne pourrait pas entrer. Sa pensée fonctionnait encore et cela lui causait une satisfaction absurde. Dans l'entrée, il tira des poches de son manteau les médailles enveloppées dans un vieux bout de journal et la lettre du dessoûloir moscovite. Il jeta les médailles dans un tiroir et, levant la lettre dans la lumière, il ouvrit l'enveloppe sans hâte. Il n'y avait là rien d'officiel. La feuille recouverte d'une écriture féminine régulière commençait par ces mots : «Cher Papa ! Il y a déjà longtemps que je ne t'ai écrit, mais tu ne peux savoir ce que c'est que la vie moscovite… »

Ivan saisit l'enveloppe et lut avec peine l'adresse de l'expéditeur : Moscou — Avenue Litovski, Maison 16, Appartement 37, Demidova O.I. Fébrilement, confondant les lignes qui déjà se brouillaient, il arrachait du regard des lambeaux de phrases : «J'ai fait connaissance avec un jeune homme bien… Nous pensons nous marier en juillet… Ses parents veulent te connaître. Viens pour les fêtes de mai… Tu resteras avec nous une semaine ou deux..'»

Ivan ne retrouva jamais la toute dernière phrase de la lettre, bien qu'il l'ait vue de façon absolument distincte et qu'il l'ait même répétée, lui semblait-il, en chuchotant : «Les cloches sonnent à Moscou… Les cloches sonnent… Et qui pourrait les entendre ? »

134

Ivan ne revint à lui que dans l'après-midi. Il ouvrit les yeux et plissa les paupières à l'aveuglant soleil qui frappait dans les carreaux. Il était couché sur le plancher. Au-dessus de lui, Jora accroupi le secouait par l'épaule :

— Dmitritch, Dmitritch ! Mais réveille-toi, sacré Vétéran ! Quel buveur tu fais ! Où as-tu pris une cuite pareille ? Mais ne ferme donc pas les yeux, tu vas t'endormir de nouveau. Pourquoi m'as-tu appelé ? Qu'est-ce que c'est que cette affaire urgente ? C'est de te réveiller ? Hein ? Tu crois que je n'ai que ça à faire, venir te dessoûler ?

Ivan, l'écoutant et saisissant à peine le sens des mots, souriait. Puis, au moment où Jora un peu agacé s'apprêtait à partir, Ivan décolla ses lèvres pâteuses et demanda doucement :

— Jora, donne-moi cinq roubles. Je te les rendrai à ma prochaine retraite.

Jora sifflota et se leva, plongeant les mains dans les poches.

— Dis donc, Dmitritch, tu y vas fort ! Tu t'es trouvé un pionnier bénévole ! Tu ne voudrais pas que je t'apporte une bouteille et que je te nourrisse au biberon, des fois ?...

Puis il jeta un œil sur l'appartement vide et défraîchi, sur Ivan dont le visage maigre était mangé par la barbe, et dit d'une voix conciliante :

— Bon, cinq roubles, je ne les ai pas. En voilà trois. Ça suffira pour soigner ta gueule de bois

Au Gastronom, hier, ils en ont reçu un raide, à deux roubles soixante-dix la bouteille. Les gars disent qu'il est bon...

Se remettant un peu, Ivan s'ébroua longuement avec plaisir sous le robinet d'eau froide, puis sortit dans la rue printanière et, sans se presser, en souriant au soleil chaud, il se dirigea vers le magasin.

Au retour il fit cuire une casserole de pâtes. Il les mangea lentement, avec une boîte de poisson bon marché. Après le repas, il versa un paquet entier de lessive dans la baignoire, ramassa tout le linge et tous les vêtements, et fit un grand lavage maladroit comme en font les hommes.

À la gare, quand Ivan distingua Olia au milieu de la foule dense et grouillante, il eut le souffle coupé, tellement elle était changée. Ils allèrent vers le métro et il ne parvenait pas à s'habituer à l'idée que cette jeune femme svelte était sa fille. Tout était tellement simple et naturellement harmonieux en elle — d'étroits souliers gris clair, des bas noirs, une veste ample et largement épaulée.

— Dis donc, Olia ! Tu es devenue une vraie occidentale ! lui dit-il en hochant la tête.

Elle rit.

— Oui, papa. « Tel entourage, tel plumage ! » Je ne peux pas faire autrement. Tu sais à quels gros oiseaux j'ai affaire. Pas plus tard qu'hier, j'en ai terminé avec un capitaliste. Il a des usines dans sept pays du monde... Devant eux, il faut ressembler à quelque chose, sinon ils ne signent pas nos contrats.

— Et moi, tu vois, je suis un vrai paysan. Tu dois avoir honte de marcher à côté de moi.

— Mais non. Qu'est-ce que tu racontes, papa? Quelle bêtise! Ton Étoile seule vaut tout le reste. Pour le vêtement, ne t'inquiète pas. Demain, on arrangera ça. Avec ce costume, tu sais, on ne peut pas rendre visite aux parents d'Alexeï. Et surtout, il te faut une autre chemise.

Ivan pensait justement que ce qu'il avait de mieux, c'était sa chemise. Il l'avait achetée quelques jours avant son départ et il avait été tout heureux en l'essayant — il s'était senti rajeuni et fringant comme autrefois. Ce qu'il aimait surtout, c'est que cette chemise ne lui serrait pas le cou; et pourtant il la boutonnait jusqu'en haut.

Durant ces dernières semaines il avait mis de l'ordre dans l'appartement et même, par une chaude journée d'avril, il avait lavé les vitres. Il les lavait lentement, se délectant de la fraîcheur et de la légèreté de l'air qui entrait dans les chambres…

Le lendemain, Olia l'emmena dans un grand magasin où flottait une odeur doucereuse et étouffante.

— Tu sais, papa, on aurait pu bien sûr tout acheter à la Beriozka[1]. J'ai des bons. Mais tu vois,

1. Il existe un type de Beriozka ouverte aux Soviétiques qui ont travaillé à l'étranger et ont échangé leurs devises contre des bons d'achat.

d'abord mes beaux-parents sont tellement snobs que rien ne peut les impressionner. Et ensuite ton Étoile sur un vêtement étranger, cela n'ira pas. Alors on va trouver quelque chose de chez nous, mais de qualité.

Avec ce costume bleu marine qui tombait bien, Ivan se regardait dans la glace et ne se reconnaissait pas.

— Et voilà, plaisanta Olia, un vrai général en retraite. Maintenant on va acheter deux chemises et des cravates.

À la maison, elle le tortura en faisant et défaisant son nœud de cravate et en cherchant le meilleur endroit pour accrocher l'Étoile.

— Laisse donc, Olia. Ça va bien comme ça, implora enfin Ivan. Tu m'attifes comme une demoiselle. C'est comme si c'était moi qui me mariais...

— Oh! Si tu savais, papa, rien n'est simple, soupira Olia. Il faut tout prévoir, tout calculer. Tu ne peux pas t'imaginer dans quelle sphère volent ces oiseaux! Ils évoluent tout le temps à l'étranger. Leur appartement est un vrai musée. Le café, ils le boivent dans de la porcelaine ancienne, et leurs connaissances sont de la même espèce : diplomates, écrivains, ministres... Attends, attends, ne remue pas! Je vais faire sur toi, là, tout de suite, une petite pince et après je la coudrai; sinon la chemise va bâiller, ça ne sera pas beau... Tu comprends, c'est vraiment la fine fleur de la société moscovite. Le père d'Aliocha faisait ses études avec Gorbatchev au MGU et, encore maintenant, ils sont à tu et à toi. Tu te rends compte ! Bon, un dernier essayage et je te laisse tranquille. Oh ! que tu as maigri, papa. Tu n'as plus que la peau sur les os. À Borissov, tu ne dois rien trouver dans les magasins… Voilà, ça y est. Regarde-toi dans la glace. Un vrai superman ! Demain on ira t'acheter des chaussures convenables et je te sors. Non, l'Étoile est trop haut. Attends, je vais te la descendre un peu…

La visite aux futurs beaux-parents était prévue pour le 9 mai, fête de la Victoire. Cette date avait paru à Olia tout à fait bien choisie. On montrerait à la télévision quelque documentaire, le père se souviendrait du passé et raconterait ses souvenirs. Et voilà déjà un bon sujet de conversation ! Ce n'était pas avec lui qu'on irait parler de la dernière exposition parisienne…

C'était vrai. Tout n'était pas si simple.

Quand elle avait écrit à son père que le mariage était prévu pour juillet, elle avait un peu anticipé sur les événements. Alexeï parlait de ce mariage d'une façon un peu évasive. Les parents, eux, se montraient très gentils avec elle. Mais dans leur bienveillance mondaine même, Olia sentait le danger de l'écroulement de tous ses plans. Du reste il ne s'agirait même pas d'un écroulement. Tout simplement un sourire aimable, un regard doux et légèrement étonné sous le sourcil levé : « Mais, petite sotte, comment pouvais-tu espérer un jour prendre place dans notre milieu ? »

Ce sourire, elle l'avait remarqué pour la première fois quand elle leur avait dit qu'elle travaillait comme interprète au Centre. La mère d'Alexeï souriait distraitement en tournant sa petite cuillère dans sa tasse. Le père, lui, sourit largement et sur un ton un peu théâtral s'étonna : «Ah! Vous m'en direz tant!» Et ils échangèrent un rapide regard.

«Savent-ils exactement ce qu'est mon travail? se tourmentait Olia. Mais bien sûr qu'ils savent! Et peut-être qu'ils s'en fichent? Ou bien ils me tolèrent à cause d'Aliocha? Ils ne veulent pas le contrarier? Et peut-être lui-même doit savoir...»

Dans les derniers temps, ce mariage était devenu pour elle une idée fixe. Il lui semblait que si elle réussissait à se faire épouser par Alexeï, ce serait non seulement une ère nouvelle, mais une vie tout à fait autre. Il n'y aurait plus ce Iassenevo recouvert de neige, ni cette chambre dans l'appartement préfabriqué! Ce serait le centre de Moscou et une maison prestigieuse, et une entrée avec un gardien, et la voiture de fonction de son mari sous la fenêtre. Cet espionnage à la chaîne prendrait fin; les parents d'Alexeï lui trouveraient un travail honorable dans quelque service du Commerce extérieur. Et peut-être affecterait-on Alexeï à l'étranger, dans une ambassade; et elle l'accompagnerait, et elle passerait à son tour les barrières de la douane de Cheremetievo, au-delà desquelles ses clients avaient l'habitude de lui faire des signes d'adieu. Ou plutôt non, pas par cette barrière, mais directement par l'entrée des diplomates.

Un jour, en hiver, elle avait parlé de tout cela à Svetka. Celle-ci, en faisant rageusement tourner son hula-hoop, lui dit :

— L'essentiel, tu sais, Olia, c'est de ne pas te laisser aller. Tu n'y es pas encore ! Tu te souviens, Tchekhov, dans *L'Anguille*... Ça y est, elle est déjà prise par les ouïes, mais elle donne un coup de queue et hop ! elle prend le large... Tiens, écoute bien ce que je te conseille : fais inviter ton père. Après tout, c'est un Héros. Il accroche toutes ses décorations et tu l'amènes chez tes futurs beaux-parents. Pour que ce soit déjà un peu comme en famille... Eh bien ! Qu'est-ce qu'il y a de gênant à ça ? La seule chose gênante au monde, c'est de passer le pantalon par la tête ! Allez, vas-y ! Je les connais ces petits diplomates... de vraies anguilles. Tant que tu n'auras pas le tampon sur ton passeport, ne crois pas que c'est arrivé.

Elle finit de tourner et le hula-hoop glissa paresseusement à ses pieds. Prenant le centi-mètre, elle se mesura la taille.

— Oh, mince alors ! Je n'arrive pas à liquider cette mangeaille du nouvel an ! Ah ! bien sûr, toi tu ris. Moque-toi d'une pauvre vieille femme malade. Je te trouve un fiancé et tu ne me remer-cies même pas ! Une fois mariée, tu ne me salue-ras plus, tu rouleras en limousine avec ton petit mari. Mais ça ne fait rien. Mon Vovka, pendant ce temps-là, en Afghanistan, sera devenu général. On ne sera pas moins bien que vous... Bon, maintenant il faut encore que je tourne, sinon les capitalistes ne m'aimeront plus...

Le matin, Olia allait travailler et toute la journée Ivan se promenait dans Moscou. Il se sentait comme un retraité imposant qui, à pas lents, déambule à travers les rues printanières. Les passants jetaient un coup d'œil sur son Étoile d'or et, dans le métro, on lui cédait la place. Il aurait bien voulu, sur un banc, dans un parc, engager la conversation avec quelqu'un et parler incidemment de sa fille. Voilà comment ça s'était passé. Eux deux, ils avaient été de simples ouvriers, et leur fille, elle avait volé si haut qu'elle travaillait maintenant avec des diplomates étrangers.

Il aurait voulu raconter comment ils avaient acheté son costume, parler de ses futurs beaux-parents, du portefeuille en cuir qu'elle lui avait offert. Dans les plis odorants de celui-ci, il avait trouvé un billet de cent roubles. « Ça, papa, c'est pour tes repas, avait expliqué Olia. Je n'ai pas le temps de te préparer le déjeuner… »

Un jour, passant près du Bolchoï, il avait saisi la conversation de deux femmes à l'air provincial.

— Mais non, je me suis renseignée. À cause de la fête de la Victoire, on ne vend des billets qu'aux Vétérans, et évidemment aux étrangers, qui paient en devises.

— Peut-être qu'il faut glisser un billet à l'administrateur, fit l'autre.

— Bien sûr qu'il va te les vendre ! Compte là-dessus. Il a bien besoin de nos roubles froissés !

Près des caisses du Bolchoï, face au Kremlin, Ivan vit une énorme foule bourdonnante, explosant de mécontentement. Elle commençait dans le passage souterrain du métro, gravissait l'escalier, se déversait dehors vers les portes vitrées des caisses.

— C'est toujours comme ça, bougonnait une femme. On vient une fois dans sa vie à Moscou. Et voilà, tous les billets aux Vétérans !

— Mais de quels Vétérans parlez-vous ? intervint quelqu'un. Tout est mis de côté pour être vendu trois fois son prix.

— Tout ça, c'est des salades ! C'est les devises qui les intéressent. Le pétrole, il n'en reste plus, alors ils vendent la culture ! lança un troisième, du cœur de l'attroupement.

Ivan, ayant déboutonné son imperméable pour qu'on voie son Étoile, se faufila vers la caisse. « Je vais faire une surprise à Olia, pensa-t-il avec joie ; je vais rentrer et dire négligemment : "Et si on allait ce soir au théâtre, au Bolchoï par exemple ?" Elle va s'étonner : "Mais comment ? On n'aura jamais de billets." Et moi, d'un coup de baguette : "On n'en aura jamais ? Tiens, les voilà !" »

Dehors, la foule se brisait contre une barrière métallique près de laquelle se tenaient trois miliciens. Voyant l'Étoile du Héros, ils écartèrent un peu la barrière et laissèrent passer Ivan vers les caisses. Là, devant les portes encore fermées, s'étaient attroupés une cinquantaine de Vétérans. Ivan examinait les brochettes sur les revers de leur veste et, sur l'un d'eux, il remarqua même deux Étoiles d'or. Plusieurs d'entre eux semblaient attendre ici depuis longtemps et pour tuer le temps ils se racontaient leurs histoires de guerre. Le ciel s'était couvert depuis le matin et maintenant une neige humide tombait, apportée par un vent glacial. Les gens frissonnaient, relevaient leur col. Près de la porte, un invalide dans un manteau usé se tenait courbé, appuyé sur son unique jambe.

— Eh ! la vieille garde ! Qu'est-ce qu'on attend ici ? lança Ivan à ceux qui étaient près de lui. Il n'y a plus de billets ?

— On attend l'appel ! lui répondit-on. À midi, on va nous recompter et on nous laissera entrer.

En effet, à midi juste la porte s'ouvrit et une femme ensommeillée, l'air mécontent, annonça :

— Il y a cent cinquante billets en vente. La règle, c'est deux billets par personne, ce qui veut dire un pour le Vétéran et un pour un membre de sa famille. Ceux qui ont un numéro d'ordre, prenez la file. Les autres, mettez-vous derrière.

Il tombait de gros flocons de neige et soufflait un vent aigu. Non loin, sortant de la porte du Kremlin, filaient, longues et brillantes comme des pianos, des voitures gouvernementales. Et il y avait une foule rejetée par les barrières et les miliciens, une foule qui attendait un miracle et qui regardait avec une jalousie avide les Vétérans qui se mettaient en rang.

— Trente et un, trente-deux, trente-trois…, marmonnait d'un ton rogue la femme ensommeillée.

Et les vieux hommes, sursautant, s'agitaient et gagnaient à la hâte leur place dans la colonne.

— Pourquoi est-ce qu'on a versé notre sang ? lança une voix moqueuse devant Ivan.

En regardant de plus près, Ivan vit un visage

d'homme du peuple plissé par un sourire. C'était l'invalide qui se tenait à quelques têtes devant lui. Ce visage lui sembla familier.

Ivan s'était retrouvé soixante-deuxième. Il eut deux billets pour *Le Festin de pierre*. En sortant de la foule, il prit le passage souterrain et tourna vers le métro. Passant devant un recoin obscur près des distributeurs automatiques en panne, il remarqua de nouveau le Vétéran invalide. Devant lui, deux jeunes gens à la mode lui lançaient quelque chose en s'interrompant. Ivan s'arrêta et tendit l'oreille. L'un d'eux, tenant l'invalide par le revers, débita d'une façon méprisante :

— Écoute, vieux, ne fais pas le mariole. Faut pas faire flamber les prix… Tu les as toujours vendus cinq roubles. Qu'est-ce que tu as à nous emmerder ? Prends-en dix et tire-toi acheter ta bouteille. Il n'y aura pas un con pour t'en donner quinze, vieille canaille ! Si encore c'était à l'orchestre !

— Alors moi, je ne les vends pas. C'est à prendre ou à laisser, répondit le Vétéran.

Il se balança sur ses béquilles et tenta de s'éloigner. Mais l'un d'eux le poussa vers les distributeurs et le prit au collet.

— Toi, écoute, Héros de Borodino. Je vais te les casser, tes béquilles. Tu vas rentrer sur le ventre.

Ivan s'approcha et sur un ton conciliant demanda :

— Eh ! les jeunes ! Qu'est-ce que vous avez à embêter le Vétéran ?

L'un des gars, roulant son chewing-gum dans la bouche, fit un pas vers Ivan.

— Et toi, tu la veux aussi, ta paire de béquilles?

Et il repoussa nonchalamment Ivan d'un coup d'épaule.

— Ça va, laisse tomber, Valera! intervint l'autre. Qu'ils aillent au diable, eux et leur Victoire! Tu vois, celui-là, c'est même un Héros de l'Union soviétique. Allez, viens, il y a les flics qui rappliquent!

Et en se dandinant ils se dirigèrent vers le métro.

Ivan tendit la main à l'invalide. Répondant à sa poignée de main, celui-ci dit, mi-confus, mi-malicieux:

— Moi, je t'ai remis tout de suite, déjà tout à l'heure, dans la queue; seulement je ne me suis pas fait reconnaître. Toi, dis donc, tu es devenu quelqu'un d'important, avec ta cravate, ton Étoile... À coup sûr, tu es colonel, Vania, pas moins!

— Tu rigoles! Général, mon vieux! Ton nom de famille, je me le rappelle bien. Mais j'ai oublié ton prénom. Sacha? Ah! oui, c'est Alexandre Semionov, ça me revient maintenant. Ce que j'avais retenu, c'est tes grandes oreilles décollées... Tu te souviens, on plaisantait toujours; on disait qu'il te faudrait un masque à gaz sur mesure. Et puis le sergent qui te blaguait: «Écoute bien, Sacha, avec tes radars, si les Fritz ne viennent pas bombarder!» Et ta jambe, où tu l'as perdue? Si je me souviens bien, c'était pas grave, juste une égratignure. On disait même entre nous que tu t'étais fait ça toi-même !

— Non, Vanioucha, tu devrais pas dire ça. Ce qui m'est arrivé, tu sais, je ne le souhaiterais pas à mon pire ennemi. Je vais te le raconter, mais viens plutôt chez moi. On discutera devant un petit verre. Je ne peux pas rester longtemps ici, toute la milice me connaît. On me fait courir comme un pestiféré ! T'inquiète pas, tu auras le temps de rentrer à ton Iassenevo. Allons-y ! C'est ma tournée. J'habite tout près d'ici dans une kommunalka [1].

Dans la petite chambre, on sentait un semblant d'ordre touchant.

— Vaniouch, tu vois, on m'avait à peine tailladé que ma femme m'a laissé tomber. C'est que... tu vois... tout a commencé par un orteil, un éclat me l'a esquinté. On m'avait posé un garrot ; mais, bon Dieu, il faisait si froid — tu te souviens — moins quarante, et la jambe, elle a gelé. Et puis la gangrène s'y est mise. On m'a amputé du pied... ils regardent, et c'est déjà noir plus haut. Alors ils coupent au-dessous du genou et ça pourrit déjà au-dessus. Ils tranchent encore plus haut, en laissant juste un moignon à quoi accrocher une prothèse. Ça n'a pas marché. Alors on m'a raccourci jusque sous le ventre... Bah ! À quoi bon remuer tout cela ? Allez, Vania, trinquons à la Victoire !

— Et nous, avec les copains, qu'est-ce qu'on n'a pas raconté sur ton compte... Tu sais, on était là, dans la tranchée, frigorifiés, et puis on

---

1. Appartement communautaire.

147

parlait de toi et on racontait des histoires : « Quand on pense à ce salaud de Semionov… Il s'est pété un orteil et maintenant il est couché avec sa femme sous la couverture piquée… » Et c'était donc ça, en réalité !

— Non, Vaniouch. Tu vois, j'aurais mieux aimé faire cinq ans de tranchées plutôt que ça. Et j'aurais passé toute ma vie tout seul. Depuis vingt ans… et maintenant ça y est, c'est fini. Tu sais, à l'hôpital, c'est par wagons, par convois entiers qu'on nous emmenait. Ils avaient juste le temps de nous décharger. Et, bien sûr, on nous charcutait à la va-vite. À moi, tu vois, on m'a coupé tous les nerfs sous le ventre, comme si on m'avait châtré. Quelle femme aurait voulu de moi après ça ?

Semionov alluma la télévision.

— Ah ! regarde ! Encore Micha Gorbatchev. Je l'aime bien, ce plaisantin. Il parle facilement et sans papier. Brejnev, lui, dans les derniers temps, il n'arrivait plus à remuer la langue dans la bouche ; on en avait même pitié. Bien que ça ait été finalement un sacré salaud. Dire qu'il s'est fait trois fois Héros de l'Union soviétique ! Et toutes ces médailles qu'il s'est collées ! Et moi, je n'ai qu'une médaille — pour la défense de Moscou — et puis toute cette ferblanterie commémorative. Et la retraite, quatre-vingts roubles…

— Mais alors, comment tu vis ? s'étonna Ivan.

— Je vis parce que je suis doué pour ça ! Tu sais, j'ai assez de poigne pour rendre jaloux n'importe qui. Il a fallu que ce soit aujourd'hui que je me fasse accrocher par ces deux crétins. D'habitude, ça va comme sur des roulettes. Vétéran, surtout avec des béquilles, on te donne des billets sans faire la queue. T'as à peine quitté la caisse qu'on te court après... Revends-nous tes billets. » On te les prend à n'importe quel prix. Et encore merci à Gorbatchev : il a mis le régime sec, mais est-ce qu'on peut se passer de vodka ? Après sept heures du soir, pour une bouteille à dix roubles, on t'en donne vingt-cinq sans broncher. Moi, presque tous les portiers d'hôtel me connaissent ; avec eux le commerce marche bien. Regarde un peu ma réserve, Vania.

Semionov se plia sur sa chaise et tira de dessous le lit une grande valise poussiéreuse. Dedans, en rangs serrés, s'alignaient des bouteilles de tous calibres, aux étiquettes multicolores.

— Alors tu vois, Vaniouch, tu peux y aller. Ne te gêne pas. J'en ai ici pour tout un régiment !

Mais Ivan ne buvait plus. Il ressentait déjà un engourdissement doux et joyeux ; et déjà de toutes les choses de cette pauvre chambre se dégageait un chaud bien-être. Il devint volubile, raconta Stalingrad, l'hôpital, Tatiana. Semionov savait admirablement écouter, ne l'interrompait pas, lançait une réplique au bon moment, et au bon moment s'étonnait. Dans sa vie amère et agitée, il avait su apprendre à écouter les gens attentivement. Raconter des histoires, tout le monde peut le faire, mais écouter avec intelligence et sans se faire valoir... ça, c'est déjà de l'art !

Finalement, sans réussir à dissimuler sa joie, Ivan remarqua :

— Et moi, Sacha, c'est pas pour les fêtes que je

suis à Moscou. Je viens marier ma fille. Oui, mon cher, comme je te le dis ! « Viens, papa. Les parents de mon fiancé veulent faire ta connaissance. » Quand il faut, il faut. « Et leur famille, dit-elle, ce sont vraiment des gens de la haute : certains dans la diplomatie, d'autres dans les ministères. » Tu vois, elle m'a bien arrangé. Moi, j'étais arrivé dans le vieux complet que j'avais acheté encore avec les anciens roubles.

— Et ta fille, Vaniouch, elle travaille où ? demanda Semionov en ouvrant adroitement une boîte de sardines.

Ivan, sans cacher sa fierté, mais avec une négligence enjouée, répondit :

— Ma fille, tu sais, elle vole aussi très haut, Sacha. Elle aussi, on peut dire qu'elle est dans le monde de la diplomatie. Ce qui est dommage, c'est que sa mère n'aura pas vécu jusqu'à son mariage. Ç'aurait été une vraie joie pour elle. Là où elle travaille, c'est le centre du Commerce international. T'en as entendu parler ?

— Bien sûr que je connais ! C'est à côté du Trekhgorka [1]. Des gratte-ciel gris tout comme en Amérique. On se croirait à New York. Et qu'est-ce qu'elle y fait ?

— Comment t'expliquer ? Tu comprends, il arrive par exemple un industriel ou un financier. Il vient signer un contrat, nous vendre quelques trucs ; et voilà, ma fille l'accueille, lui traduit tout ce que nos gens lui disent, bref, elle l'accom-

1. Usine textile au bord de la Moskova, au centre de Moscou.

pagne partout. Et de langues, Sacha, tu sais combien elle en connaît ?

Ivan commença à les énumérer, mais Semionov écoutait déjà un peu distraitement en
hochant seulement de temps en temps la tête et
en marmonnant : « Ouais, ouais... »

— Bien sûr, c'est un boulot fatigant, ça va sans
dire, continua Ivan. Tout est calculé à la minute,
conversations, négociations. Et en plus, parfois,
service de nuit. Mais par contre, je lui répète toujours, t'as pas de sciure qui te tombe dessus, et ça
ne pue pas l'essence. Et puis le salaire est vraiment intéressant. Moi, je ne gagnais pas ça, même
quand j'étais routier.

Semionov se taisait en picotant distraitement
de la fourchette un petit poisson brillant, dans
son assiette. Puis il jeta sur Ivan un regard gêné
et, comme s'il parlait à quelqu'un d'autre, bou-
gonna :

— Tu sais, Vania, c'est un sale boulot à dire
vrai.

Ivan fut interloqué.

— Sale ? Mais qu'est-ce que tu veux dire par
là ?

— Je veux dire par là, Vaniouch, que... mais
ne te vexe pas... je vais te dire... C'est pas avec la
langue que les interprètes travaillent là. Elles se
servent d'autre chose. C'est pour ça qu'elles sont
bien payées.

— Ah ! Sacha ! T'aurais pas dû boire du vin
après la vodka. Le mélange, ça t'a brouillé la tête.
Tu racontes n'importe quoi. Ça fait rire de
t'écouter.

— Si tu ne veux pas, n'écoute pas. Mais seulement, je te dis la vérité. Et puis, je ne suis pas saoul du tout. Toi, tu es enterré dans ta campagne, tu ne sais rien. Et moi, je traîne mes béquilles dans tout Moscou, sous tous les porches ; alors on ne me la fait pas à moi. « Service de nuit », tu parles ! Ces hommes d'affaires, ils en font ce qu'ils veulent des interprètes, et pour leur plaisir !

— Quel sale bavassier tu fais ! Alors, à ton avis, c'est toutes des prostituées ?

— Ah ! mais tu peux appeler ça comme tu veux. Il y a des prostituées qui sont à leur compte. Celles-ci, la milice les pourchasse. Il y en a d'autres, les officielles, si tu veux. Elles, ce sont de vraies interprètes, diplômes, livret de travail, salaire et tout. Le jour, elles interprètent et la nuit, elles rendent service à ces capitalistes en échange de dollars.

Semionov s'échauffait, il avait l'air hirsute et méchant. « Il n'est pas ivre, pensa Ivan. Et si ce qu'il dit était vrai... »

Et avec un rire artificiel, il dit :

— Mais alors, Sacha, pourquoi diable l'État entretiendrait cette saloperie ?

Ils recommencèrent à se disputer. En sentant que quelque chose mourait en lui, Ivan comprit que Semionov ne mentait pas. Et de peur de le croire, il bondit en renversant son verre, et avec un cri rauque l'empoigna. Il le lâcha aussitôt tant son corps mutilé lui sembla pitoyable et léger. Semionov se mit à crier :

— Mais tu ne comprends pas, idiot, que je

veux t'ouvrir les yeux ? Tu marches comme un paon avec ton Étoile qui brille. Tu ne comprends pas qu'on s'est fait avoir. Demain on ira ensemble, je te montrerai ce service de nuit. Je connais un des types du vestiaire à l'« Intourist ». Il nous laissera passer… Mais je t'assure, on nous laissera passer, tu verras. J'irai sans béquilles, avec une canne. Regarde un peu quelle prothèse j'ai…

Semionov rampa de la chaise sur le plancher, fouilla sous le lit et en tira une jambe de métal avec une grosse chaussure de cuir noir. Ivan eut l'impression de vivre un songe horrible et absurde. Semionov se laissa tomber sur le lit et se mit à ajuster sa prothèse en criant :

— Moi, je ne suis qu'une demi-portion ; à qui diable est-ce que je peux servir ? La prothèse, on me l'a donnée gratuitement ; tu la portes un jour, et toute la semaine le ventre te saigne. Mais pour toi, Vania, je la mets. Demain tu vas voir, je vais te montrer ce qu'elle vaut, ton Étoile… Sous la couverture piquée, avec ma femme, tu disais… Ha ! Ha ! Ha !

Le préposé au vestiaire les laissa s'installer dans un recoin obscur, cachés derrière l'éventail poussiéreux d'un palmier qui poussait dans un grand bac en bois. De là, on voyait les ascenseurs, un petit bout de la salle de restaurant et, à travers la porte-fenêtre sombre, l'arrière-cour remplie des poubelles de la cuisine. On voyait aussi les deux panneaux de la porte coulissante de l'entrée secondaire qui s'ouvraient automatiquement. Ce soir-là, peut-être à cause de la neige humide, cette porte était déréglée ; elle s'ouvrait et se fermait à chaque seconde, avec une obéissance mécanique obtuse, bien que personne ne s'approchât d'elle.

Ivan était assis à côté de Semionov derrière le palmier, sur les planches de bois verni qui cachaient les radiateurs. Semionov s'était installé de côté, allongeant sa prothèse rigide. De temps en temps, il donnait à Ivan des explications à voix basse :

— Là, tu vois, derrière le vestiaire, elles ont au sous-sol une « valioutka », un bar à devises. C'est réservé aux capitalistes. Et aussi, bien sûr, aux filles. Là-bas, tu vois, ce couple qui va vers l'ascenseur. Et là, cette robe collante, elle va aller avec lui. Dix minutes de travail et elle empoche ce que tu gagnais en un mois comme routier.

Ivan voyait aller et venir des gens insolites non seulement dans leur langue et leurs vêtements, mais même dans leur manière de se déplacer.

Silencieusement s'ouvraient et se refermaient les portes des ascenseurs. Au vestiaire une fille toute jeune accourut, qui miaula comme une chatte : « Vous n'auriez pas un paquet de Marlboro ? »

— Il traficote, celui-ci. Il n'est pas bête, expliqua Semionov à Ivan. Les devises, elle ne veut pas les dépenser, et peut-être qu'elle ne les a pas encore gagnées. Elle est bien jeune…

Passa une femme éclatante et de grande taille, la poitrine opulente sous la fine robe en tricot. Elle marchait sur des talons si hauts et si aigus

154

que ses mollets semblaient se crisper dans une crampe. Près de la tablette du vestiaire s'arrêta un homme jeune, dans un costume bien ajusté, un journal à la main. Il échangea quelques paroles nonchalantes avec le préposé, lançant des regards tantôt sur ceux qui sortaient des ascenseurs, tantôt sur ceux qui entraient à l'hôtel. « Un type du K.G.B. », chuchota Semionov.

Ivan était fatigué par le défilé ininterrompu des visages, par le crissement mécanique de la porte déréglée. De l'ascenseur sortit la blonde à la robe étroite qui se dirigea vers le vestiaire. « Elle a fini son boulot », pensa Ivan. La blonde se mit du rouge à lèvres devant la glace et se dirigea vers la sortie. Distraitement il la suivait du regard.

À cet instant, Ivan vit Olia.

Elle marchait à côté d'un homme de grande taille dont Ivan n'eut pas le temps de voir le visage tellement il regardait sa fille avec fascination. Olia parlait avec son compagnon et lui souriait, détendue et naturelle. Semionov poussa Ivan du coude en lui murmurant quelques mots. Ivan n'entendait rien. Il sentait quelque chose se serrer affreusement en lui et un goût salé lui crisper les mâchoires. Il comprit qu'il fallait réagir, bondir, crier, mais il ne put pas. Quand il se remit à entendre, il saisit une parole de Semionov :

— Ils parlent en allemand, tu entends, Ivan…

Au même moment la porte de l'ascenseur se mit à glisser derrière Olia et son compagnon. Dans le reflet de la glace de la cabine, Ivan vit une tête d'homme aux cheveux gris, courts et soigneusement coupés. Les panneaux de l'ascenseur se refermèrent doucement.

Ivan tenta de se lever, mais il fut saisi d'un tel tremblement que ses genoux fléchirent. Et de nouveau une boule salée roula dans sa gorge. Il n'avait encore jamais ressenti ce douloureux spasme presque physique. Il ne se rendit pas compte que ce qu'il éprouvait là était une sorte de jalousie.

Semionov le secouait par la manche en débitant d'une voix sourde :

— Vania, Vania, qu'est-ce que tu as ? Qu'est-ce qui t'arrive ? Tu es tout blanc...

Ivan, hébété, le regarda sans le voir et, sans pouvoir maîtriser un tressaillement au coin des lèvres, souffla sourdement :

— C'est ma fille...

— Il s'appelle Wilfried Almendinner... ah!
non pas Almendinner, qu'est-ce que je dis?
Almendinger... En voilà un nom de famille! Il y
a de quoi s'écorcher la langue. Il va nous intéresser beaucoup. C'est Svetlana qui devait s'occuper
de lui. Mais tu vois, elle est en congé de maladie.
Pour la conversation, ne t'inquiète pas. D'abord,
ton allemand suffit largement, et puis il parle
russe. Il a fait la guerre ici. Il a été fait prisonnier
en Ukraine et pendant qu'ils rebâtissaient Lenin-
grad après guerre, il a appris la langue. Ça, Olia,
je te le dis pour que tu aies quelques points de
repère, que tu te prépares un peu psychologi-
quement. Avec lui, dans la conversation, bien
sûr, tu n'es pas censée le savoir. D'ailleurs tu
connais ton affaire, je n'ai pas besoin de te le
répéter.

Vitali Ivanovitch tira une cigarette de son
paquet et l'alluma. Il avait l'air fatigué et déçu.
Depuis l'hiver, il savourait d'avance l'engourdissement bienheureux qui l'attendait sur la plage
de la maison de vacances du K.G.B., au bord de

la mer Noire. Et brusquement tout était bousculé : les congés de printemps et d'été avaient été reportés en automne et on avait donné l'ordre de se préparer pour le Festival international de la jeunesse et des étudiants.

« Elle va se rassembler ici, toute cette canaille procommuniste, jurait intérieurement Vitali Ivanovitch. Et moi, à cause d'eux, je n'ai pas de vacances. On a pris de drôles d'habitudes. Presque chaque année il y a quelque chose : tantôt des Jeux olympiques, tantôt des forums, maintenant ce Festival... Ils viennent ici pour faire l'amour. C'est "Prolétaires de tous les pays, accouplez-vous !". Tu parles d'un Festival ! Si seulement je pouvais avoir mes congés en septembre, au moins j'irais aux champignons. Mais non ! Ils me les donneront vers le nouvel an... »

Vitali Ivanovitch fit la grimace, écrasa sa cigarette dans le cendrier et poursuivit avec un sourire triste :

— Oui, Olia, il va nous intéresser beaucoup. Il vient ici comme représentant d'une firme de produits chimiques, mais on sait à coup sûr qu'il est lié aux services secrets. À propos, pendant un certain temps il a été expert militaire. Mais cela, c'est uniquement pour ta gouverne. Nous pensons qu'il va avoir un contact. Il n'est donc pas exclu qu'on lui transmette des documents. Il serait souhaitable qu'on ait la possibilité d'examiner sa mallette. Ça, évidemment, ça ne peut se faire que la nuit, tu le comprends. Bien sûr, à la douane, à son départ, on va le passer au peigne fin. Mais avant la douane, ils ont d'habitude le temps de le chiffrer ou de l'apprendre par cœur, ou encore de le confier à la valise diplomatique. Alors, Olia, tu vois que ton rôle est capital. Il arrive le 3 mai, il repart le 7. Il logera à l'« Intourist ».

La mallette de l'Allemand, un bel attaché-case noir, Olia la transmit pour l'inspection dès la première nuit. C'était un objet de qualité et de prix comme toutes choses qui servaient à cet homme.

Olia attendit jusqu'à ce qu'il respire de façon régulière, et elle se glissa hors du lit. Elle savait qu'il dormirait profondément, en tout cas pendant au moins deux ou trois heures. Le somnifère, on le mettait dans le cocktail. À table, au restaurant, Olia, comme si elle s'en souvenait par hasard, s'exclamait :

— Oh ! J'ai complètement oublié. Ils ont ici un cocktail — vous savez, un mélange un peu... style russe — absolument délicieux.

Si pour une raison quelconque l'« objet » refusait, le serveur apportait le caviar trop salé. Dans la chambre, après s'être essoufflé dans les jeux amoureux, l'étranger avalait avidement le vin frais versé avec prévoyance par sa compagne empressée.

Olia sortit de son sac une grande enveloppe de tissu synthétique noir, y mit l'attaché de l'Allemand et tira la fermeture-éclair. Puis elle posa l'enveloppe près de la porte, retira légèrement la clé de la serrure et se dirigea vers le téléphone. Elle tourna le cadran deux fois et, sans attendre l'habituel « Allô », murmura « 46 » et raccrocha. Deux minutes après, la serrure cliqueta doucement, la porte s'entrouvrit et une main saisit adroitement l'enveloppe noire. Pour ne pas s'endormir, Olia ne se coucha pas ; elle s'assit dans un fauteuil.

Almendinger était couché sur le dos, étendu de tout son long, croisant sur la poitrine deux grandes mains osseuses. Le néon de la rue argentait son visage. Ce visage ressemblait à un douloureux masque de gypse. Et il semblait à présent impossible que ces plis pétrifiés de la bouche aient, il y a seulement quelques minutes, cherché et touché ses lèvres, et ces mains serré son corps.

Pendant le dîner, au restaurant, il parlait beaucoup, plaisantait en corrigeant ses fautes. Il se tenait avec une telle aisance mondaine et il y avait dans chacun de ses mots et chacun de ses gestes une telle exactitude qu'Olia n'avait pas besoin de jouer. On sentait qu'il connaissait la mise en scène aussi bien qu'elle, que la distribution des rôles l'arrangeait et ne le gênait pas du tout. On sentait même qu'il savait tout cela si bien qu'il entendait profiter totalement de cette soirée de mai, de la présence de cette jeune compagne inattendue et inévitable, de la possibilité de jouer, peut-être pour la dernière fois de sa vie, cette plaisante comédie du lion mondain.

Avec une légèreté souriante il parlait de ses voyages, sachant que Venise ou Naples avait pour sa jeune interlocutrice la même résonance exotique que l'Eldorado. D'habitude, dans ces récits, Olia saisissait la note de supériorité, claire ou dissimulée, de ceux qui vivaient par-delà le rideau de fer. Almendinger racontait autrement. Ainsi, en Italie, pour la première fois de sa vie, il avait écouté un concert de chats. Un Napolitain sadique avait recueilli une douzaine de chats, les avaient répartis selon leur voix et les avait mis dans des cages exiguës aménagées à l'intérieur d'un piano. Dans le feutre des marteaux il avait placé des aiguilles qui, à chaque frappe, piquaient la queue des chats. Les pauvres bêtes émettaient chacune un son différent et leurs plaintes se fondaient en une horrible et pitoyable symphonie. Ce pianiste sadique avait failli être massacré par les membres de la section locale de la Société protectrice des animaux.

Après avoir raconté cette histoire, Almendinger jeta à Olia un regard un peu penaud.

— J'ai tort de vous raconter de telles horreurs. Déjà, nous autres Allemands, nous avons chez vous la réputation d'un peuple pas très humain. Oui, cette guerre... Quand je pense qu'en quarante et un je voyais les tours du Kremlin avec mes jumelles! Et maintenant je les vois de la fenêtre de ma chambre. C'est vraiment comme dit la Bible : «Die Wege Gottes sind unergründlich [1]. » Vous avez déjà entendu cette expression? Je ne sais pas ce que ça donne en russe…

Il se tut, le regard perdu quelque part entre les coupes et les assiettes. Olia, se souvenant de son rôle, proposa avec une vivacité exagérée :

— Oh! écoutez, Wilfried! J'ai complètement

1. Les voies du Seigneur sont impénétrables.

oublié. Ils ont là un cocktail absolument délicieux…

Jamais encore ces paroles ne lui avaient paru aussi exécrables. C'est précisément au moment où l'on apporta le cocktail qu'il commença à parler de l'Allemagne de son enfance.

— Vous savez, les enfants, aujourd'hui, ont beaucoup de jouets. Mais tous ces jouets sont froids, trop… comment dire ? technologiques. Et moi, quand j'étais enfant, j'avais une collection de phares miniatures. Le sommet de chacun d'eux se dévissait et à l'intérieur il y avait du sable. Chaque tour avait un sable différent provenant de tel ou tel littoral d'Europe…

Almendinger était couché, les bras croisés, le visage immobile, émettant tantôt un petit soupir, tantôt un bref gémissement. Il savait qu'il aurait à rester couché ainsi une heure ou peut-être deux. Il avait entendu Olia s'immobiliser au-dessus de lui, tendre l'oreille à sa respiration, téléphoner. De même il avait entendu la porte s'ouvrir et se refermer. Il regrettait un peu d'avoir choisi de rester allongé sur le dos. Sur le côté, le visage caché dans l'oreiller, ç'aurait été plus simple. En revanche il pouvait, en entrouvrant légèrement les paupières, observer ce qui se passait dans la chambre. D'ailleurs, même cela ne présentait que peu d'intérêt pour lui. Dans son attaché-case, au milieu d'une liasse de documents scientifiques, étaient glissés avec une habileté professionnelle quelques textes de désinformation ano-

dine. Elle devrait faciliter les débuts de son suc-
cesseur à Moscou. Ce que Almendinger s'apprêtait à remporter avec lui se résumait en quatre
colonnes de chiffres apprises par cœur.

Tout en parlant de sa collection enfantine de
phares et de leur sable, il avait lentement plié
avec le pouce la paille de son cocktail. Le verre
était derrière la bouteille de champagne et la
carafe d'eau. Olia ne le voyait pas. Il aspira légèrement la paille et l'introduisit dans le verre vide.

— Et puis, poursuivait Almendinger, l'enfance sans nuage hélas prit fin. Je suis devenu un
grand dadais maladroit, un vilain petit canard.
Un beau jour j'ai fait couler tout ce sable en petit
tas sur le gazon, j'ai tout mélangé.

Olia qui écoutait, attentive et rêveuse, demanda
avec étonnement en allemand :

— Warum ?

Almendinger sourit. Elle lui sembla tout à
coup si jeune !

— Und warum sind die Bananen krumm[1] ? lui
demanda-t-il en riant.

Puis il remarqua :

— Le cocktail est vraiment parfait. Il faut que
je retienne son nom. Comment dites-vous ? « Le
bouquet de Moscou » ? Ah ! C'est un nom qui lui
va bien...

Il porta la paille à ses lèvres. Au fond du verre
disparaissait l'écorce tendre et rose.

1. Et pourquoi les bananes sont-elles courbes ?

Et maintenant, couché dans l'obscurité de sa chambre, il pensait que tout était étrangement bâti en ce monde.

De ces sables mélangés, il s'était souvenu dans une tranchée nocturne près de Moscou. Il faisait horriblement froid. Les soldats s'entassaient près du poêle. Le métal chauffé au rouge brûlait leurs mains, et leur dos durcissait comme une écorce sous les rafales pénétrantes. Au-dessus de leur tête les étoiles glacées scintillaient. Et tout près d'eux, dans des tranchées semblables, étaient recroquevillés les ennemis, les Russes. Eux, les sauvages, ils n'avaient même pas de poêle.

« Demain, après-demain, pensait-il, nous serons à Moscou. Nous en finirons avec la Russie. Ce sera chaud, propre, j'aurai une décoration… » Une fusée éclairante solitaire s'envola, éclipsant pour un instant le ciel étoilé. Puis de nouveau les yeux s'étaient habitués à l'obscurité. Et de nouveau se mirent à briller les étoiles, et le noir du ciel reprit sa profondeur. En essayant de ne penser à rien, il se tendait vers le poêle en répétant en lui-même : « Demain, on sera à Moscou. Ce sera chaud, propre… » Mais la pensée qu'il essayait de chasser revint. Elle revint non pas en mots mais en un éclair instinctif et limpide : ce fossé plein de neige creusé dans la terre, qui s'envole dans l'obscurité de la nuit, entre les étoiles. Et eux dans ce fossé, eux qui ont déjà vu la mort, qui ont déjà tué. Et dans un pareil fossé couvert de givre, en face, ceux qu'ils auront à tuer. Et ce poêle, dans lequel s'est concentrée cette nuit toute la chaleur de l'univers. Et les grains de sable de tous les rivages d'Europe confondus dans un petit tas grisâtre, sur le gazon d'une ville allemande qui vient de connaître le sifflement des bombes...

Dans la chambre régnait déjà le silence de la nuit. On entendait seulement de temps à autre le chuintement d'une voiture se perdant dans la rue Gorki, et aussi, quelque part, là-haut dans un étage, le grincement bref et aigu d'une latte de parquet. De la tour du Kremlin parvint la mélodie aérienne du carillon, puis trois coups graves et mesurés.

Olia était bien, dans son fauteuil. Elle regardait l'Allemand qui dormait et retenait difficilement une incompréhensible envie — s'approcher du lit sur la pointe des pieds et effleurer de la main ce visage de gypse pour le ramener à la vie.

Almendinger comptait machinalement les coups vibrants du carillon de la tour : « Un, deux, trois. Trois heures... Ils fouillent longtemps. Ils le passent à la radio, ils l'auscultent. Non, il vaut mieux ne pas y penser. Il suffit de fixer sa pensée une minute et l'on comprend le caractère fantasmagorique de tout ce qui nous entoure. La nuit... et eux, ils ont enfilé leurs gants et maintenant palpent, lisent, prennent des photos. Les yeux rouges, les bâillements, les manches retroussées des chemises. Et moi, je suis couché ici dans cette immobilité stupide, moi qui, il y a quarante ans, étais couché dans la terre glacée, rêvant de chaleur, du repos de Moscou... Et elle, elle est toute jeune encore ; j'ai une fille qui est plus âgée qu'elle. Elle est assise dans son fauteuil, elle attend cette imbécile de mallette. Absurde ! »

De nouveau il se souvenait comment, prisonnier, il avait été convoyé à travers les rues de Moscou dans la colonne interminable des autres prisonniers allemands. Des deux côtés de la rue, sur le trottoir, se tenaient les Moscovites qui, avec une curiosité un peu défiante, regardaient le flot gris des soldats. Derrière eux, sur leurs traces, avançait lentement une arroseuse qui lavait, plutôt symboliquement, la « lèpre fasciste » des rues de la capitale. Il sembla soudain à Almendinger qu'il commençait à reconnaître les visages des Moscovites se tenant le long de la rue, à entendre des bribes de leur conversation...

La serrure de la porte d'entrée claqua doucement. Il comprit qu'il s'était endormi un instant. Des pas furtifs frôlèrent le tapis, l'attaché-case retrouva sa place près de la table de travail. En s'endormant, Almendinger sentit sur son visage la fraîcheur d'une paume légère. Mais son sommeil était déjà si visqueux qu'il ne put que tendre vers cette main son visage aux yeux fermés ; et, souriant déjà en rêve, il murmura quelques mots en allemand.

Vers midi, il faisait très chaud dans les rues colorées, inondées de gens et de soleil. On sentait déjà l'été, l'odeur de l'asphalte poussiéreux et tiède.

Ivan marchait lentement, abasourdi par le bruit des rues, la brûlure du soleil, les taches rouges des slogans, des drapeaux et des banderoles. Les paroles des passants, les klaxons des voitures et surtout ce miroitement aveuglant du soleil lui causaient une douleur aiguë. Il lui semblait qu'il suffirait d'un mot, d'un petit rire, pour que sa tête éclate. Il essayait de ne pas regarder les piétons affairés. Il avait envie de s'arrêter et de leur crier : « Mais taisez-vous donc ! » ou de frapper quelqu'un pour qu'un instant au moins cesse ce bruit qui lui déchirait la cervelle.

Avec son costume et son imperméable, il avait horriblement chaud. Il sentait sa chemise et son pantalon lui coller sur la peau, un picotement sec lui gratter la gorge. Mais sans enlever son imperméable, il marchait toujours comme un automate, espérant qu'après le tournant ne tarderait pas à souffler de la fraîcheur et que s'éteindraient ces éclats joyeux et sonores.

La nuit lui revenait en bribes confuses, avec la permanence hallucinante de l'ampoule nue du plafond. Sa lumière, dès qu'il commençait à se souvenir, grandissait, devenait de plus en plus éclatante, plus crue, et lui brûlait les yeux davantage encore que le soleil de mai. Les yeux mi-clos, Ivan allait plus loin.

Il se souvenait qu'étant rentrés la veille dans la chambre de Semionov, ils avaient tiré de dessous le lit la valise avec sa réserve d'alcool et commencé à boire. Ivan buvait sans mot dire, avec acharnement, sans détourner de Semionov un regard pesant et haineux. Semionov avait peur de ce regard et débitait d'une voix sourde :

— Qu'est-ce que tu veux, Vania... Ils nous ont eus comme des porcs pouilleux. Bon Dieu ! On nous a accroché sur le ventre toute cette ferraille et nous, pauvres cons, on était heureux. Héros ! Essaie seulement de mettre le nez dans ce bar où les Fritz boivent, on te videra avec un balai à ordures. Tu pourrais même être trois fois Héros…

Puis à travers les brumes de l'alcool, sans plus s'entendre, Ivan criait quelque chose à Semionov en donnant des coups de poing sur la table. À ces coups répondirent soudain en écho un tambourinement rageur dans la porte et la voix aiguë de la voisine :

— Semionov ! Je téléphone à la Milice. On va t'embarquer, toi et ton ivrogne de copain ! Avec la foire que vous faites, vous réveillez toute la maison…

Semionov sortit dans le couloir pour donner des explications. Ivan resta seul. Il y eut un silence complet. Du plafond, l'ampoule couleur citron jetait des ombres tranchées : les bouteilles sur la table, les béquilles de Semionov près de la tête du lit. Quelque part au-dessus des toits résonnèrent trois heures du matin…

À la rencontre d'Ivan venaient des militaires retraités qui avaient mis, à l'occasion des fêtes, l'uniforme de parade. Ils étaient caparaçonnés dans l'armure de leurs décorations. Ivan regardait presque avec horreur leur cou gonflé, leurs joues rougies par le rasage, leur buste monolithique sanglé par la ceinture et le baudrier. D'une gigantesque banderole un fantassin, un marin et un aviateur jetaient un sourire redoutable en dessous d'une inscription fluorescente : « Vive le quarantième anniversaire de la Grande Victoire ! » Ivan eut envie de s'arrêter et de crier :

«Tout cela, c'est de la foutaise, des pièges à cons!» Il eut envie que l'un des passants le pousse, l'injurie, qu'un gros militaire, en gonflant son cou écarlate, commence à lui cracher quelque chose de menaçant. Ah! Comme il leur aurait répondu! Il leur aurait rappelé l'arrière où ces retraités obèses s'étaient planqués et les emblèmes américains sur les jeans de ces jeunes blancs-becs arrogants qui le croisaient.

Mais personne ne le poussait. Au contraire, à la vue de son Étoile brillant au revers de sa veste, on s'écartait pour lui laisser le passage. Même, quand Ivan traversa la rue à un endroit interdit, le milicien ne siffla pas et détourna la tête en regardant ailleurs. À bout de forces Ivan prit une ruelle et vit au fond un bouquet d'arbres. Mais, arrivé au bout, il se retrouva sur une avenue bruyante et joyeusement animée. De nouveau une banderole éclatante frappa ses yeux : « 1945-1985. Gloire au peuple soviétique victorieux! » Ivan s'arrêta, plissa les yeux et gémit. Son front et ses paupières devinrent humides, ses jambes flanchèrent. Une arroseuse passa, l'enveloppant d'une odeur de poussière moite; navigua un grand autocar d'Intourist aux vitres fumées derrière lesquelles on apercevait des dames bien soignées aux cheveux argentés. Ivan rebroussa chemin.

À ce moment, au-dessus de la porte vitrée d'un magasin, il devina plutôt qu'il ne lut, en lettres noires ventrues : « Beriozka ». Sans réfléchir, guidé par l'intuition de ce qui allait se produire et s'en réjouissant méchamment à l'avance, il entra.

Dans le magasin régnait une demi-obscurité agréable. Les climatiseurs répandaient une fraîcheur dépaysante. Près d'un comptoir, des touristes légèrement vêtus parlaient entre eux. Une volée de notes grêles et désaccordées, suivie d'un éclat de rire, retentit : l'un d'eux achetait une balalaïka.

Ivan s'arrêta près du comptoir. Son regard discernant à peine les objets glissait sur les boîtes de Palekh, les bouteilles de whisky écossais, les couvertures brillantes des albums. Deux vendeuses le regardaient avec vigilance. Finalement l'une d'elles, n'y tenant plus, dit à mi-voix, mais très distinctement et sans même regarder de son côté : « Ce magasin, citoyen, est réservé aux étrangers. Ici on paie en devises. » Et lui montrant que la conversation était terminée et qu'il n'avait plus rien à faire ici, elle dit à sa collègue :

— Je crois que les Suédois ont fait leur choix. Reste ici, je vais les servir.

Ivan savait parfaitement ce qu'était une Beriozka. Il savait aussi quel paysan méprisable il était aux yeux de ces deux poupées savamment maquillées. Mais ça, justement, c'était bien. Oui, c'était bien que sa tête éclate, que sa chemise colle à sa peau, que les étrangers — ces extraterrestres aux tee-shirts légers — achètent, rient, regardent au loin, à travers lui, de leurs yeux bleus.

— Allez, va, ma fille. Va les servir, ricana Ivan. Nous, il nous reste juste à les servir, les uns au lit, les autres au comptoir…

La vendeuse s'arrêta, échangea un bref regard avec sa collègue et martela :

— Ici on n'accepte pas les roubles, je vous le répète. Dégagez les lieux ou j'appelle la milice. Et enlevez vos mains de la vitrine.

Et d'une voix plus basse elle ajouta : « N'importe quel bouseux vient ici et nous, ensuite, on doit laver les vitres ! »

Ivan serra les mâchoires et de tout son corps pesa sur la vitrine du comptoir. On entendit le bruit de la vitre brisée et en même temps l'exclamation de la vendeuse :

— Liouda, appelle le milicien de garde !

— Moi, avec ces mains-là, cria Ivan, j'ai chargé une montagne d'obus. Moi...

Il resta sans parole et lâcha un rire comme un aboiement. La douleur lui arrachait les yeux. Mais, à travers son hébétude gluante, il comprit tout à coup clairement : « Tout cela, c'est de la foutaise. Je ne suis qu'un pithécanthrope pour eux. Qu'est-ce que je leur raconte avec ces foutus obus... ! » Et dans le même rire, à travers le magasin, il cria aux étrangers stupéfaits :

— Vous autres, écoutez-moi bien ! Moi, j'ai versé pour vous des tonnes de sang, salauds ! Moi, je vous ai sauvés de la peste brune, ah ! ah ! ah !...

Le milicien entra. Trapu, le visage épais, sur le front la marque rouge et humide laissée par la casquette.

— Vos papiers, s'il vous plaît, citoyen.

— Mes papiers, les voilà.

Ivan tapa sur son Étoile d'or. Une trace de sang resta sur son imperméable. Sa paume avait été entaillée par un éclat de vitre.

Le milicien essaya de le prendre par le coude.

— Il va vous falloir venir au poste.

Ivan d'un mouvement brusque libéra son bras, le milicien chancela ; on entendit sous ses chaussures le crissement du verre. Des mains de l'un des Suédois qui observaient la scène avec surprise, la balalaïka glissa. Elle tomba sur les dalles de marbre et poussa un gémissement lamentable. Tout le monde se figea dans une posture indécise et muette.

— Attends, Liocha, murmura la vendeuse au milicien. Je vais d'abord reconduire les étrangers.

À cet instant entrèrent à la Beriozka deux Japonais vêtus presque de la même manière. On aurait pu les prendre pour des jumeaux si l'un d'eux n'avait pas été un peu plus grand. Des costumes sombres et officiels, des cravates au léger scintillement.

Souriants, ils s'approchèrent de la vitrine et comme s'ils ne remarquaient ni la vitre brisée, ni le milicien, ni même le vieillard à la main ensanglantée, ils se mirent à parler dans un anglais mélodieux. La vendeuse, secouant sa torpeur, leur tendit un long étui en cuir noir. Ivan les regardait, presque envoûté. Il sentait que la vie, semblable à la lentille d'eau dérangée par une pierre, allait de nouveau retrouver cet équilibre policé qui lui était si étranger.

Les Japonais, ayant réglé leur achat, se dirigèrent vers la sortie ; le milicien fit un pas vers Ivan, écrasant un éclat grinçant. Ivan alors empoigna une statuette posée sur le comptoir et se jeta à leur poursuite. Les Japonais se retournèrent.

L'un d'eux eut le temps d'esquiver le coup. L'autre, percuté par Ivan, s'écroula sur les dalles.

Ivan frappait en aveugle sans réussir à les toucher vraiment. Ce qui effrayait, c'était son cri et son imperméable maculé de sang. Les Suédois se précipitèrent vers la porte, en glapissant et se poussant les uns les autres. Les doigts d'Ivan, en frappant, lâchèrent une figurine d'ourson olympique en bronze qui fit voler en éclats la devanture vitrée. Ce genre de souvenir ne s'était pas vendu pendant les Jeux, personne ne voulant se charger d'un tel poids. Toute la série avait été envoyée en province ; celui-là seul était resté. Les vendeuses s'en servaient comme presse-papier sur le comptoir...

Almendinger vint à la Beriozka peu avant la fermeture. Il était content de connaître si bien Moscou, de pouvoir y arriver non par la rue Gorki, mais en suivant les petites ruelles ombragées. L'une d'elles lui plaisait particulièrement. Elle était calme, presque déserte. On longeait le vieux bâtiment en brique d'une manufacture de tabac. Derrière ses murs on entendait le bruit sourd et régulier des machines. L'odeur un peu amère du tabac coulait tout au long de la ruelle.

« Je vais maintenant oublier tout cela petit à petit, pensait Almendinger. Tous ces chiffres, ces numéros de téléphone moscovites, toutes ces ruelles tortueuses... Et aussi cette odeur. Cela sera précisément une occupation jusqu'à la mort — oublier... »

La vitrine latérale, dans la Beriozka, était protégée par un cordon tendu entre deux chaises. Les vendeuses discutaient à mi-voix. Almendinger ne saisit que «Fou... complètement fou...» Derrière le comptoir travaillait un vitrier. Penché sur la table, il traçait dans un crépitement sec une longue rayure avec son diamant. Puis, dans un bref tintement musical, il rompit la vitre.

Almendinger sourit et demanda à la vendeuse de lui présenter une petite montre de femme en or. «Peut-être vaudrait-il mieux acheter un collier ou un bracelet, par exemple celui-ci, en argent, avec des améthystes et des émeraudes? Bien sûr, ce serait beaucoup plus simple de lui demander ce qu'elle préfère. Mais que faire? Je deviens vieux... C'est tentant de jouer les Santa Klaus ou plutôt les Monte-Cristo du troisième âge...»

Après une belle matinée, le soleil se cacha et le soir fut gris, mais comme toujours en cette saison, lumineux et étrangement spacieux. À la sortie, Almendinger tourna à gauche, entra dans un square aménagé sur une place à l'air un peu provincial. Au centre du square s'élevait une immense colonne de bronze couverte d'un entrelacs de lettres russes et géorgiennes — le monument en l'honneur de l'amitié entre les deux peuples. Il s'assit sur un banc et, avec un plaisir incompréhensible, se mit à regarder les gens, les longs bus qui, avec une souplesse fatiguée, contournaient le square. Il surprenait des gestes et des bribes de conversation, sans aucune importance pour lui et, en raison de cela, si attrayants.

Non loin de là, il y avait un magasin de chaussures. Les gens emportaient leurs cartons, encore tout échauffés par la bousculade et la joie d'un achat. Une femme s'assit sur le bord du banc, près de lui, et enlevant ses vieux escarpins éculés, mit ceux qu'elle venait d'acheter. Elle tourna et retourna son pied, l'examinant de tous côtés, puis se leva, piétina sur place — ne sont-ils pas trop étroits? — et se dirigea vers le bus. De dessous le banc les vieilles chaussures abandonnées pointaient leur nez.

Almendinger se rendit compte qu'il tenait toujours dans la main le petit paquet de la Beriozka. Il ouvrit sa serviette et glissa l'achat dans une pochette en cuir. Il vit les liasses de papier, les dossiers bien rangés et sourit. Un passant éméché s'approcha et lui demanda :

— Dis, l'ami, tu n'aurais pas des allumettes?

Souriant toujours, Almendinger lui tendit un briquet. Quand, après quelques tentatives, l'homme alluma sa cigarette et, bredouillant un « merci, l'ami, tu m'as dépanné », voulut rendre le briquet, Almendinger n'était déjà plus là. Déjà il marchait en direction de la ruelle aux odeurs de tabac amer.

Ivan resta longtemps à l'hôpital, se remettant lentement de la crise cardiaque qui l'avait frappé dans la voiture de la milice. L'enquête suivait son cours. Il n'y avait pas de lourdes charges contre lui. Et pourtant l'histoire restait ennuyeuse. L'ambassade envoya une note au ministère des

Affaires étrangères. Dans un journal suédois parut un article : «Un hold-up manqué dans une Beriozka de Moscou.» «Radio Liberté», dès le lendemain, relatait les faits en citant les noms exacts de tous les participants. Tout le monde savait que cette histoire se transformerait bientôt en une de ces anecdotes piquantes qu'on raconte au cours des cocktails diplomatiques : «Vous savez, ça s'est passé dans la Beriozka même. Et par-dessus le marché, un Héros de l'Union soviétique ! Une Étoile sur la poitrine… Mais non, il a eu son expertise. Psychiquement, un homme absolument normal… Vous avez raison. C'est peut-être ce qu'on appelle le syndrome de la Vieille Garde. Vous avez entendu ce qu'a dit Smirnov à ce sujet ? Une vraie perle ! C'est lui qui a dû étouffer tout cela. Quand on l'a mis au courant, il a hoché la tête et bougonné : "Oui, les Vétérans gardent longtemps leur jeunesse d'âme…" Et à propos, vous savez, la fille du Vétéran… Oui, oui… Et encore un détail tout à fait piquant… »

Au début du mois de juin on transféra Ivan en détention préventive. Pendant qu'il était à l'hôpital, Olia passait le voir presque chaque jour. Ils n'avaient pas grand-chose à se dire. Olia tirait de son sac les derniers journaux, des fruits, de la nourriture, s'informait de sa santé. Puis ils descendaient, s'asseyaient sur un banc devant un parterre qui répandait le parfum amer des calendulas orange.

Durant ces deux semaines, en empruntant de

l'argent à droite et à gauche et en échangeant ses devises, elle régla les comptes avec la Beriozka. Elle téléphona à Alexeï. C'était tantôt le père, tantôt la mère qui décrochait et chaque fois on lui répondait poliment qu'Alexeï n'était pas là. La mère ajoutait : « Tu sais, Olietchka, il prépare en ce moment le Festival de la jeunesse. Il est parti en France régler quelques problèmes au sujet de la composition de la délégation. » Olia remerciait et raccrochait.

Parfois elle était envahie par un désir douloureux dans son irréalité : comme l'enfant qui a cassé une tasse, elle voulait revenir en arrière, tout rejouer pour que la tasse ne glisse pas des mains, pour qu'il n'y ait pas ce silence sonore et irrémédiable. Mais même ce regret douloureux disparut.

Avec un étonnement incrédule elle vit qu'elle commençait à s'habituer à cette situation qui, il y avait quelque temps encore, lui avait paru inconcevable. Elle s'habituait à ce parterre orange, à ce vieil homme maigre qui dans l'étouffement fade de sa chambre allait à sa rencontre, aux regards curieux et impitoyables dans les couloirs du Centre. Et que rien n'eût changé radicalement lui paraissait inquiétant.

Il faisait très chaud à Moscou à la fin du mois de mai. Parfois, par les fenêtres ouvertes du Centre, on entendait la longue et lente sirène d'un navire venant de la Moskova. Il semblait que l'on sentît même l'odeur chaude et vaseuse, l'odeur des planches humides de l'embarcadère chauffé par le soleil. Et le soir, dans les feuillages touffus, les réverbères bleuissaient déjà comme en été. Au restaurant, au milieu de l'odeur dense des plats épicés et des parfums, tintait avec une fraîcheur agréable une petite cuillère ou un couteau.

Svetka consolait Olia comme elle pouvait. Mais elle s'y prenait maladroitement tant elle était heureuse elle-même à ce moment-là. Son Volodia lui avait envoyé peu avant sa photo souriante et une lettre où il lui promettait de venir pour tout un mois en permission. Sur la photo on voyait très bien deux grandes étoiles à ses épaulettes.

— Non, si Gorbatchev n'arrête pas en Afghanistan, commentait-elle, c'est sûr que Volodia reviendra avec ses trois étoiles de colonel. Évidemment, là-bas pour lui ce n'est pas drôle. Mais est-ce que c'est mieux ici ? Il serait depuis longtemps dans une garnison au diable, quelque part à Tchoukotka... Ah ! vivement le mois d'août ! On filera en Crimée, on louera une petite baraque près de la mer. Au moins il bronzera normalement. Tu sais, la dernière fois qu'il est venu... La tête comme un nègre, seulement les dents qui brillaient... et le reste tout blanc !

Elle se rattrapait, honteuse de sa joie :

— Écoute, Olia, il ne faut pas t'en faire. Ton père, de quoi peuvent-ils l'accuser ? Seulement une bagarre, et à la rigueur ils ajouteront l'état d'ivresse. Il aura un an avec sursis, au bout du monde... Quant à ton diplomate, ne t'en fais pas. Les hommes, tu sais, c'est toujours comme ça.

Un de perdu, dix de retrouvés. Tiens, à son retour Volodia te fera connaître un de ses amis de régiment. Et peut-être même ton diplomate te reviendra. Bien sûr, son père et sa mère l'auront dressé contre toi. Tout se calmera et s'oubliera. Et s'il ne revient pas, qu'il aille au diable ! Tiens, souviens-toi de Katioukha qui travaillait avec les States. Elle a épousé un type de ce genre. Et lui, il l'embêtait tout le temps. « Tu n'as pas, disait-il, d'intuition esthétique, de perception du style. Tu n'es pas capable de distinguer Bonnard de Vuillard... » Toute cette élite artistique se rassemblait chez eux, se vautrait dans les fauteuils, dégustait de la Veuve Cliquot et « distinguait »... Elle, tu te souviens, c'est une fille nature. Un jour, elle en a eu assez de toutes ces pimbêches historiennes de l'art et de ces types à voix aiguë. Ils parlaient justement de Picasso. Et elle, tout d'un coup, elle a lâché cette devinette marrante : « Quelle différence y a-t-il entre Picasso et la reine d'Angleterre ? » Oui, c'est une histoire éculée. On te l'a racontée déjà cent fois : « Picasso n'a eu qu'une fois dans sa vie une période bleue, et la reine, tous les mois... Eh oui, elle a le sang bleu ! » Tu vois d'ici la tête qu'ils ont faite, tous ces intellectuels ! Son mari a explosé : « Ce n'est pas seulement une obscénité — j'en ai l'habitude. C'est un sacrilège ! » Les idiots, ils auraient mieux fait de rire au lieu de jouer les constipés. Katioukha n'a pas encaissé et leur a jeté : « Des barbouillages, votre Picasso ! Un marchand, et rien d'autre. Il a bien compris que la demande, c'est ce genre de vomissure — ça vous plaît — et il a vomi… » Quel charivari ! Les femmes foncent dans le couloir, mélangent leurs visons. Les hommes piaillent : « Le complexe d'Érostrate ! » Son cher mari pique une crise d'hystérie… Il a déjà introduit le divorce, le salaud. Il lui donnait des leçons sans arrêt : « La vie est un acte esthétique… » Et lui, il se faisait des piqûres contre l'impuissance. L'esthète !

Elles bavardaient jusqu'au crépuscule, comme au bon temps d'autrefois. Et comme autrefois venait de temps en temps les voir Ninka la Hongroise. Elle aussi se mettait à consoler Olia, lui racontait les sombres histoires de ses nombreux naufrages, ses espoirs déçus et la noire ingratitude humaine… Mais elle aussi dissimulait mal sa joie : au mois de juin elle ferait sa dernière tournée au bord de la mer Noire. En octobre elle se marierait et fonderait, comme elle disait elle-même en riant, « une famille soviétique modèle ».

Oui, tout restait comme avant. Rien ne changeait. Si, peut-être, une seule chose. Maintenant, quand elle rentrait du travail, elle constatait avec dépit que son visage était comme couvert d'un masque poisseux. Elle se précipitait à la salle de bains pour s'en libérer en se frottant les joues. Elle essayait de se rassurer : « Je cours comme une folle ces temps-ci. Et avec cette chaleur… » Elle se souvenait comme Svetka, après le travail, se hâtait vers la salle de bains en lui lançant sans s'arrêter : « Attends, Olietchka, on parlera après. Laisse-moi changer de visage. »

Olia comprit qu'il ne s'agissait pas seulement de fatigue et de chaleur.

Avant les congés d'été, il y avait beaucoup de travail au Centre. Il arriva même à Olia de ne pas rentrer à la maison trois jours de suite. Elle passait les nuits au Centre. Dans la journée elle assistait aux entretiens commerciaux et le soir jouait son spectacle habituel au restaurant. Pendant ces trois jours elle n'avait pas eu une seule minute pour aller voir son père à l'hôpital.

Un matin, quand elle put s'y rendre, il l'attendait avec une impatience joyeuse et inquiète. Ils s'installèrent sur leur banc habituel, devant le parterre. Ivan alluma une cigarette. Puis, l'écrasant rapidement, il parla d'une voix sourde. Olia, en entendant cette voix feutrée, eut un frisson intérieur. Elle pensa que son père allait lui poser des questions sur son travail, sur sa vie ou — ce qui serait pire encore — essayer de se justifier. Ivan parla d'autre chose.

— Tu sais, Oliouch, c'est très bien que tu sois venue aujourd'hui. Demain on me fait mes papiers de sortie et on me transfère en détention préventive. Je voudrais te remettre quelque chose. Garde-le et cache-le quelque part. J'ai peur qu'on me l'enlève à la fouille.

Ivan desserra les doigts — dans le creux de sa main brillait l'Étoile d'or.

Olia retourna à la maison dans un autobus brinquebalant et à moitié vide. Il roulait sur l'autoroute périphérique. D'un côté on voyait les nouveaux immeubles en béton, plantés dans l'argile labourée. De l'autre, des champs voilés d'une verdure transparente. Olia était assise, le visage tourné vers la fenêtre pour qu'on ne voie pas ses larmes. Elle s'était mise à pleurer quand, en ouvrant son sac, elle avait vu tout au fond, là où se perdaient d'habitude tantôt les clefs, tantôt le rouge à lèvres, l'Étoile d'or. « Cela, c'est toujours sa vie, pensait-elle avec une tendre amertume. Il croit qu'il y a encore des gens pour se souvenir de cette guerre lointaine, de cet amour sur le front... Ils sont tous comme des enfants. Toute une génération de grands enfants trompés. Pourvu qu'il ne sache rien sur moi ! Pourvu qu'il ne sache rien ! »

Elle continuait à pleurer en remontant les escaliers jusqu'à son septième étage. Elle n'avait pas voulu prendre l'ascenseur de peur de rencontrer quelqu'un de sa connaissance. Mais dès le sixième, elle entendit le rire et les exclamations joyeuses de Svetka. « Tiens, pensa Olia, Ninka est là et elles sont en train de s'amuser. » Et tout de suite elle sentit comme un petit soulagement. Elle les imaginait déjà s'affairant autour d'elle, l'encourageant, mettant la bouilloire sur le feu. Ninka était sans doute venue faire ses adieux avant de partir pour le Sud. Elle allait être intarissable avec ses histoires. Olia tourna la clé et entra.

La porte de la chambre de Svetka était largement ouverte. Svetka était assise sur son lit et criait dans un horrible rire sanglotant. Ses yeux gonflés, sur lesquels il ne restait plus la moindre trace de rimmel, brillaient, hagards, fous. Sur le plancher, une valise d'où sortaient quelques vêtements. Dans les angles opposés de la chambre — comme si un grand pas les y avait laissés — traînaient ses souliers. Olia s'arrêta sur le seuil sans essayer de rien comprendre de ce hurlement horrible, parce que tout était trop clair. Elle répétait seulement comme une incantation : «Svetka... Svetka...».

Svetka, étranglée de larmes, se tut un instant. Elle était assise, les yeux fermés, tressaillant de tout son corps et respirant de façon saccadée et bruyante. Avec précaution, Olia s'assit auprès d'elle. Svetka sentit sa main sur son épaule et se remit à crier sur un ton encore plus désespéré :

— Olka, un cercueil en zinc... et on ne voit rien... seulement ses yeux à travers la petite vitre... sans cils ni sourcils... peut-être il n'y a rien... dans ce cercueil !

Et en secouant la tête, de nouveau elle fondit en larmes. Et de nouveau, d'une voix entrecoupée, elle cria :

— Une petite vitre... Et seulement ses yeux... seulement ses yeux... Non, il n'y est pas. Non... Brûlé dans l'hélicoptère ! Il n'y a rien dans ce cercueil, rien...

Puis, se libérant des bras d'Olia, elle bondit et se précipita vers l'armoire. Elle en ouvrit la porte d'un geste violent et commença à en retirer des boîtes et des cartons qu'elle jetait par terre.

— Et à qui est-ce que ça peut servir maintenant ? À qui ? criait-elle.

Des cartons déboulaient des chaussures d'homme, des bottes toutes neuves brillant d'un cuir de qualité ; s'amoncelaient les chemises aux étiquettes de Beriozka, des jeans, des cravates. En poussant un lourd soupir, Svetka s'écroula comme une masse sur le lit et plongea la tête dans l'oreiller.

Olia, assise à côté d'elle, reconnaissait avec peine son amie dans cette femme vieille et affaissée. Elle lui caressait légèrement la main et murmurait :

— Ne pleure pas, ne pleure pas, Svetka. Tout ira bien, tout finira par s'arranger. Tu vois, pour moi, ça va de travers aussi, et moi je tiens le coup... je tiens le coup...

Svetka partait de la gare de Kazan. Elle semblait à présent tout à fait calme et elle plissait simplement les yeux, comme pour ne pas voir la foule joyeuse et agitée. Olia se frayait le passage à côté d'elle, tenant à la main un grand sac en plastique où Svetka avait jeté tout ce qui n'avait pas pu rentrer dans la valise. Le sac était lourd. Les gens, chargés, fonçaient, se bousculaient, s'accrochaient avec leurs bagages. Olia sentait que les poignées du sac s'étiraient lentement et allaient se déchirer. La foule s'avançait avec une lenteur pénible. Visages en sueur, calottes sur les têtes rasées, enfants qui pleurnichaient...

Le compartiment était imprégné d'une odeur chaude de poussière épaisse.

— Mais tu n'as rien pris pour boire en route, se souvint Olia.

Silencieusement, Svetka fit non de la tête. Sautant du wagon, Olia se faufila vers le buffet. Dans

184

la queue, devant une longue vitrine où s'entassaient des sandwiches de saucisson desséché, des œufs durs et des gâteaux secs aux noisettes, elle consultait nerveusement sa montre.

Quand elle parvint sur le quai avec une bouteille de limonade tiède et deux gâteaux dans un sachet, elle vit au-dessus des rails, dans un brouillard gris et chaud, deux feux rouges qui s'éloignaient. Elle resta sur le quai encore un moment, puis posa la bouteille et le sachet sur un banc et se dirigea vers le métro.

Pendant un de ces jours fous du début de l'été, Olia comprit qu'elle était enceinte. Elle prit la chose avec une résignation insensible et fatiguée. «En fait, ça n'a rien d'étonnant, pensait-elle en revenant de la consultation, avec tout ce remue-ménage et énervée comme j'étais… Dans ces conditions-là, on peut en mettre deux au monde sans s'en rendre compte… » Au Centre elle demanda trois jours d'arrêt pour se faire avorter et se remettre d'aplomb.

Elle avait compté les jours et elle savait que cela s'était passé début mai quand, écoutant ce grand Allemand au beau nom, elle avait oublié son rôle. Elle savait d'ailleurs qu'il ne s'agissait pas seulement d'un oubli.

Elle arriva à l'hôpital deux heures avant l'ouverture des services. Dans le silence du matin, elle contourna l'immeuble jaune pâle et, traversant la rue, s'assit, sur un banc dans une petite cour entre de vieux bâtiments à un étage. Sur les fenêtres il y avait des fleurs dans les pots et des statuettes de faïence peinturlurée. «C'est tout comme chez nous à Borissov», pensait-elle. Le soleil léger et transparent emplissait peu à peu la cour, éclairant l'intérieur des entrées aux escaliers de bois, et faisait cligner les yeux d'un chat assis sur un petit banc boiteux. Plus tard, Olia essaya de comprendre ce qui s'était passé, ce petit matin ensoleillé. Elle regardait les fleurs pâles derrière les vitres, le bac avec son sable grêlé par la pluie qui était tombée dans la nuit, les touffes d'herbe qui perçaient du sol piétiné de la cour. Elle regardait comme si elle le voyait pour la première fois. Même la terre grise et ordinaire, mêlée de sable, était étonnamment présente à ses yeux, tout près, avec ses petites pierres, ses brindilles, ses allumettes brûlées. Elle ressentit tout à coup une tendresse aiguë et saisissante pour ce regard neuf, cet étonnement joyeux et muet. Ce regard ne lui appartenait plus. Elle le sentait en elle-même déjà comme quelque chose de séparé d'elle, mais en même temps proche, palpitant, inséparable de sa respiration et de sa vie... Il lui semblait qu'elle l'éprouvait presque charnellement. Elle suivait des yeux le chat qui lentement traversait la cour en secouant ses pattes et en redressant la queue. Olia savait qu'elle n'était pas seule à le regarder et savait pour qui elle marmonnait silencieusement : «Ah! le joli petit minet... Regarde les belles moustaches, la queue blanche, les petites oreilles grises... Allons le caresser...»

Les maisons commençaient à s'éveiller. Des

entrées sortaient d'un pas affairé des gens qui se hâtaient vers l'arrêt des bus. Olia les suivit. En rentrant, elle se coucha sans se déshabiller et s'endormit tout de suite. Vers le soir elle fut réveillée par le piaillement strident des martinets. Longtemps elle resta couchée, regardant le crépuscule qui s'épaississait derrière la fenêtre ouverte. Parfois du haut d'un balcon parvenait une voix féminine :

— Maxime, Katia, rentrez ! Combien de fois dois-je vous appeler ?

Et tout de suite retentissait en écho un duo aigu :

— Mais maman ! Encore cinq petites minutes !

Les martinets filaient tout près de la fenêtre dans un rapide bruissement d'ailes. Il semblait que quelqu'un, d'un geste brusque, déchirait une légère étoffe de soie. «Comme tout est simple, pensait Olia. Et personne ne le comprend. Ils courent, se poussent les uns les autres et n'ont même pas le temps de se demander : "À quoi bon ?". Et pourtant tout est si simple. Et moi aussi, je devenais folle — Aliochka, cet appartement à Moscou, l'étranger… C'est dur à penser — je m'étais mise à haïr ses parents si fort que j'en avais des cauchemars. Je craignais tout le temps qu'ils le dissuadent de m'épouser. J'ai presque prié pour qu'ils se tuent en voiture ou en avion ! Quelle horreur ! »

Il y avait tant de silence dans le crépuscule violet qu'on entendait dans une cuisine, par la fenêtre ouverte, le grésillement des pommes de terre dans une poêle. Olia pensa à celui dont elle avait ce matin si clairement ressenti la présence en ce monde. Et maintenant elle plongeait avec une joie calme dans les futurs soins de l'enfant, de ses petits vêtements, de sa nourriture. Sans savoir pourquoi, elle était sûre qu'elle aurait un garçon. Elle savait qu'elle l'appellerait Kolka, qu'elle vivrait avec lui à Borissov, qu'elle trouverait un emploi terne et monotone, et cette monotonie des journées grises et tranquilles dans le futur lui parut tout à coup un indicible bien.

Elle imagina comme il apprendrait la vie de son grand-père Ivan, sa vie à elle. Tout ce qui leur avait paru un écroulement fatal de leurs projets entrerait dans son esprit enfantin tel un conte, une sorte de légende familiale : le grand-père héros qui avait souffert dans sa vieillesse pour la vérité, la mère qui avait refusé de vivre à Moscou parce que la vie qu'on y mène est bruyante et même, à cause des voitures folles, dangereuse.

« Pour le moment je ne dirai rien à mon père, pensait-elle. Après le tribunal, quand il sera remis, je lui raconterai tout. »

Vitali Ivanovitch écoutait Olia sans l'interrompre. Son mutisme la confondait un peu. Elle parlait calmement, essayant d'être logique et convaincante. Vitali Ivanovitch pétrissait de la main son visage, hochant la tête, et lui jetait de temps en temps un regard clignotant et un peu lointain. Olia savait que dès les premiers mots il avait compris tout ce qu'elle allait lui raconter et que maintenant il attendait patiemment la fin de son récit. Les derniers mots, elle les prononça plus haut et sur un ton plus résolu :

— Vous savez, Vitali Ivanovitch, peut-être que c'est mon destin, ça. Finalement chacun porte sa croix, aux uns, Moscou, aux autres, Borissov...

Olia pensait qu'il se hâterait de la dissuader, se mettrait à la raisonner d'une façon plaisante et amicale : « Écoute, c'est un caprice, ça te passera » ou au contraire à lui rappeler d'une voix sèche son devoir et ses responsabilités. Mais lui continuait à se frotter le visage, hochait la tête et ne disait rien. C'est seulement en entendant ses dernières paroles qu'il marmonna : « Oui, oui, le destin... le destin... » Puis, redressant son visage aux pommettes rougies, il dit :

— La nuit a été folle, le téléphone n'a pas arrêté de sonner. Je n'arrive pas à garder les yeux ouverts. Dès que je m'assois, je m'endors. Je te le dis parce que chacun porte sa croix, comme tu l'as si bien fait remarquer tout à l'heure.

Il eut un sourire las et distrait.

— Tu sais, mes études, je les ai commencées en philosophie ; c'est ensuite que je me suis tourné vers le droit. Je me cherchais pour ainsi dire. Il me semblait toujours que quelque chose ne collait pas, que ce n'était pas... Quand je suis entré en philo, j'ai pensé que, tout de suite, je serais plongé dans les mystères insondables de l'existence. Bon, j'ouvre Aristote et lui, il raisonne : Pourquoi — pardon — l'urine de l'homme qui a mangé de l'oignon sent-elle l'oignon ? Et le couronnement de la pensée philosophique, c'est le discours de Brejnev au dernier Plenum historique. Quand on est jeune, tout ça, ça blesse si fort ! Maintenant, c'est ridicule même de se le rappeler. Nous avions un professeur, tu sais, de l'espèce de ces derniers Mohicans qui étaient encore diplômés de l'Université de Saint-Petersbourg. Sous Staline, bien sûr, dans les camps. Les jeunes aiment ce type de professeurs. Alors moi, je me précipite vers lui :

— Voilà, Igor Valerianovitch. Je suis en pleine crise intellectuelle, une crise aussi profonde que celle de la philosophie bourgeoise. Je passe en droit. Je termine mes études et je vais sous les balles des bandits écraser la maffia de Rostov comme juge d'instruction.

Et évidemment je lui parle du destin, de la vocation, de la croix… Et ce vieux philosophe écoutait, écoutait, puis me dit :

— Et vous, distingué jeune homme, vous connaissez la parabole de la croix humaine ?

— Non, lui dis-je. Jamais entendue.

— Alors, écoutez. Un homme portait sa lourde croix. Il la portait, portait, et finit par invectiver Dieu. Trop lourde, cette croix. Elle lui scie le cou, l'écrase, le courbe vers la terre. Il n'en peut plus. Dieu entendit ses lamentations et eut pitié.

— Bon, lui dit-il, suis-moi, malheureux.

Il l'amène devant un énorme entassement de croix.

— Voilà, tu vois, tout cela, ce sont des destinées humaines. Jette ta croix et choisis-en une autre. Peut-être en trouveras-tu une plus légère.

190

L'homme se réjouit et se met à les essayer. Il en met une sur l'épaule. « Non, trop lourde. Plus lourde que la mienne. » Et il en prend une autre. Toute la journée il court autour de cette montagne de croix et n'arrive pas à en choisir une. Lourdes sont les croix humaines. Enfin vers le soir il en trouve une.

— Voilà, dit-il, celle-ci est plus légère que les autres. Ce n'est pas une croix, c'est un vrai plaisir.

Et Dieu sourit :

— Mais celle-là, c'est ton ancienne croix, c'est celle que tu as jetée ce matin…

Et voilà l'histoire. Moi, bien sûr, j'approuve le professeur et en moi-même je pense comme toi maintenant peut-être : « Toute théorie est grise, mon ami… [1] » Eh oui ! Bon, concrètement, on va faire comme ça, Olia. Quand est-ce que tu as ton congé ? En octobre ? On va l'avancer au mois de juillet. Tu auras le temps de réfléchir comme il faut. De choisir une croix plus légère…

Ivan fut jugé au début du mois de juillet dans le petit immeuble laid du tribunal d'arrondissement d'où l'on voyait la Moskova et les grands bâtiments des quais. C'était une vieille petite bâtisse d'un étage, les escaliers étaient usés et les salles d'audience pleines de poussière. Dans le couloir obscur s'alignaient des portes capitonnées de moleskine noire. Quand l'une d'elles

1. « Mon bon ami, toute théorie est grise, mais vert et florissant est l'arbre de la vie. » Goethe, *Premier Faust*.

s'ouvrait, on pouvait entrevoir de sombres rayonnages encombrés de dossiers épais, un bureau recouvert de paperasses et, dans un coin, une bouilloire sur un réchaud électrique. Dans les rues ensoleillées et bruyantes il était difficile d'imaginer qu'à deux pas pouvait exister un pareil endroit, terne et silencieux, et des gens qui préparent le thé sur un réchaud, dans cette demi-obscurité somnolente.

À une heure de l'après-midi, on fit entrer Ivan dans l'une des salles où des chaises branlantes étaient disposées en rangs mal alignés. Sur une petite estrade se dressait le bureau du juge et de ses assesseurs ; sur le devant du bureau était ajusté l'emblème de l'Union soviétique. Derrière une rampe en bois on voyait le banc des accusés. La rampe avait été griffée par des centaines de mains : des rayures, des croix, des dates, des initiales... De chaque côté du bureau du juge se trouvaient les tables plus petites du procureur et de l'avocat.

À une heure de l'après-midi, Ivan entra dans cette salle, accompagné de deux miliciens, et trois heures plus tard, on l'en sortit, mort.

Dans la salle, la fenêtre était entrouverte, mais on ne sentait pas la fraîcheur. Le soleil brillait, chaud et immobile. Ondoyant doucement, les flocons ouatés des peupliers pénétraient par la fenêtre.

Durant ces trois heures s'étaient produits des faits apparemment liés au procès, mais en même temps infiniment éloignés de lui. Il y avait beaucoup de monde. Les gens voulaient connaître tous les détails. Dans la salle, l'air était lourd et étouffant. Les uns s'éventaient avec un journal ; les autres, en se tordant maladroitement, retiraient leur veste en faisant craquer les chaises. Deux femmes, au dernier rang, ne cessaient de bavarder, n'écoutant ni les réponses d'Ivan, ni le juge, ni les témoins. On ne comprenait pas pourquoi elles étaient venues là perdre leur temps dans une telle étuve.

Les voix résonnaient sourdement, comme amorties par les duvets de peuplier qui voletaient lentement. L'une des femmes assesseurs était allergique à ces flocons cotonneux. Sans cesse elle se mouchait, clignotait de ses yeux rouges et ne pensait qu'à une chose : pourvu que ça se termine le plus vite possible ! Tous ses collègues pensaient de même. Le soleil poussait au sommeil. La plupart d'entre eux se préparaient déjà aux vacances, calculaient les jours avec joie : encore une semaine et puis...

Le juge, une femme aussi, avait trop bronzé le dimanche précédent dans sa datcha et sous son tailleur strict elle sentait maintenant une douleur cuisante aux épaules. Elle voulait, elle aussi, en finir au plus vite avec cette procédure, prononcer le jugement — un an avec sursis, pensait-elle — et au plus tôt, en rentrant chez elle, s'enduire les épaules de crème fraîche. C'était un conseil de l'assesseur qui souffrait du duvet de peuplier. « Peut-être que ce n'est pas une allergie, mais une grippe. Parfois ça arrive en été », pensait le juge.

Personne ne se souvenait plus à quel moment,

au lieu de la réponse brève qu'on lui demandait, le prévenu Demidov s'était mis à parler très haut en bafouillant, presque à crier. Le juge essaya de l'interrompre en tambourinant avec un crayon sur la table et en disant d'une voix volontairement officielle : «C'est sans rapport avec votre affaire.» Puis elle pensa qu'il valait mieux laisser le Vétéran vider son sac — d'autant plus qu'on lui avait téléphoné en haut lieu pour lui conseiller d'en finir en douceur, sans faire de zèle.

Ivan parlait de la guerre, de Staline, de la Victoire. Il bégayait un peu, craignant le silence qui surgissait entre les mots, essayant de percer cette somnolence opaque de l'après-midi. Il mentionna sans raison le Bolchoï, l'Afghanistan (ici le juge recommença à donner des coups de crayon sur la table) et Semionov l'unijambiste. D'abord les gens s'animèrent, puis se replongèrent dans une incompréhension indifférente : Gorbatchev avait déjà permis de parler de tout cela dans les journaux. Les femmes consultaient leur montre et les hommes, dans l'attente de la suspension de séance, tripotaient leur cigarette. Au dernier rang, comme avant, sans prêter d'attention à personne, on chuchotait. Le juge disait quelque chose à l'oreille de l'assesseur. Le procureur, en pinçant ses manches, les débarrassait des petits flocons blancs.

Enfin Ivan se tut brusquement. Il enveloppa la salle d'un regard un peu affolé et, s'adressant on ne savait à qui, cria d'une voix sifflante de vieillard :

— Vous avez fait de ma fille une prostituée !

194

À ce moment il croisa le regard d'Olia. Il n'entendait plus ni le brouhaha qui s'élevait du public, ni la voix du juge qui annonçait la suspension. Il comprenait qu'il venait de se produire quelque chose de monstrueux, face à quoi son ivrognerie et sa bagarre à la Beriozka n'étaient que des bagatelles. Quelqu'un qui sortait lui masqua le visage de sa fille. Il porta son regard sur les fenêtres et vit avec étonnement que le rebord brillait au soleil d'une étrange lumière irisée. Puis cette lumière s'amplifia, devint éclatante et douloureuse, et tout à coup le rebord vira au noir. Ivan s'assit lourdement, laissant tomber la tête sur la rampe rayée de dates anciennes et de noms inconnus.

Non sans peine le fourgon s'échappa de Moscou en plein Festival et plus vite, comme avec soulagement, s'engouffra sur l'autoroute de Riazan. Le chauffeur et son collègue étaient eux-mêmes originaires de Riazan. Ils connaissaient mal Moscou et avaient peur de tomber sur la milice de la route qui était présente à chaque carrefour à cause du Festival. Mais tout se passa bien.

Olia, assise dans la profondeur obscure du fourgon, calait de sa chaussure légère le cercueil tendu de drap rouge qui glissait à chaque virage. Le fourgon n'était pas bâché à l'arrière, et au-dessus du battant s'ouvrait un vif rectangle de lumière. Durant la traversée de Moscou, on remarquait tantôt une rue qu'Olia connaissait bien, tantôt un groupe de touristes en habits voyants. Les cars aux emblèmes du Festival sillonnaient les rues, et souvent on distinguait ici ou là les vestes blanches et les pantalons bleus des interprètes. Tout cela rappelait à Olia les Jeux olympiques et cet été-là, maintenant si lointain. Puis dans le cadre lumineux commencèrent à se dérouler les champs, l'autoroute grise, les premiers villages.

Par miracle, après deux jours de recherches vaines, Olia avait trouvé cette voiture et avait réussi à convaincre le chauffeur. Il avait accepté simplement parce qu'ils allaient dans la même direction. Olia lui avait donné presque tout l'argent qui lui restait.

À mi-chemin le chauffeur tourna dans une route transversale et s'arrêta. Les portières claquèrent et à l'arrière, au-dessus du battant, apparut la tête du collègue.

— Pas trop secouée ? Dans une heure on sera arrivé. Attends un peu ; nous, on fait un saut au magasin. Tu sais, à Moscou c'est le régime sec, surtout avec le Festival…

Olia entendit des pas s'éloigner. Dans le rectangle ensoleillé se dessinait un bout d'isba, une haie, un jardin dans lequel une vieille courbée arrachait quelque chose de la terre. Il faisait chaud. Par les interstices filtraient de petits rayons de soleil. Quelque part, au loin, paresseusement aboyait un chien.

Olia était persuadée qu'à Borissov, dès qu'on apprendrait son arrivée, tout le monde s'affairerait pour organiser les funérailles et trouver les musiciens. Elle imaginait même la procession des

196

responsables locaux dans leur grotesque complet noir, le grincement métallique de l'orchestre, les condoléances auxquelles elle devrait répondre en formules dépourvues de sens.

Mais tout se passa autrement. Le chauffeur et son collègue, transpirant et soufflant de façon exagérée, laissèrent tomber le cercueil sur la table et s'en allèrent après avoir soutiré encore dix roubles, à cause du troisième étage. Olia resta toute seule en face de cette longue caisse rouge, effrayante dans son silence.

Au matin, elle se rendit au parc des véhicules où avait travaillé son père. Elle fut reçue par le nouveau chef, un jeune homme au jean qui pochait aux genoux. Dès qu'il eut compris de quoi il s'agissait, il se mit à parler rapidement sans lui permettre de placer un mot. Toutes les voitures étaient réquisitionnées pour les travaux d'été au kolkhoze, les deux qui restaient n'avaient plus de roues, la moitié du personnel était en congé. Et pour se justifier, il lui montra la cour déserte, maculée de taches noires d'huile, et un camion dans le moteur duquel s'enlisait jusqu'à la taille un gars ébouriffé. «Et en plus, ajouta le chef, nous marchons maintenant au régime de l'autofinancement.»

— Mais je vais payer, s'empressa de dire Olia pour le calmer. Donnez-moi seulement une voiture et quelques hommes.

— Mais puisque je vous dis que je ne peux pas! gémit le chef, écartant les bras dans un geste d'impuissance.

Au Comité militaire, l'officier de service lui demanda de remplir un formulaire, puis alla chercher un ordre derrière la porte capitonnée et clouée de pointes brillantes. Quand il revint, il ouvrit le coffre-fort, en retira le livret du Héros de l'Union soviétique et le tendit à Olia :

— Maintenant nous sommes quittes avec vous. Quant aux funérailles, il faut vous adresser au Conseil des Vétérans. Ce n'est pas de notre ressort.

Olia sortit et examina avec étonnement la photo de son père sur le livret. C'était un gars au crâne rond et rasé, presque un adolescent, qui la regardait. «Il n'avait pas encore vingt ans», pensa-t-elle avec stupéfaction. La cour du Comité militaire était vide et silencieuse. Seul un soldat efflanqué balayait un chemin asphalté. La poussière s'élevait en nuage léger et retombait au même endroit.

Au Conseil des Vétérans, il n'y avait personne. Sur le tableau d'affichage pendait une feuille de papier cartonné aux lettres rouges fanées : «Le défilé de fête des Vétérans consacré au quarantième anniversaire de la Victoire aura lieu le 9 mai, à 10 heures. Rassemblement place Lénine. La participation de tous les membres du Conseil est strictement obligatoire.»

— C'est l'été, dit la gardienne rêveuse. En été, c'est seulement par hasard qu'on vient traîner par ici.

Le comité local du Parti semblait abandonné lui aussi.

— Il est parti à la tête d'une commission inspecter la région, dit la secrétaire. Demain il ne sera pas encore rentré. D'ailleurs ce n'est pas de la compétence du Raïkom. Il faut vous adresser sur les lieux de son ancien travail.

Le lendemain Olia répéta ce circuit. Elle exigeait, implorait, essayait de téléphoner à Moscou. Le soir, elle avait peur de rentrer à la maison. C'était déjà le quatrième jour de ses tribulations avec le cercueil rouge. En entrant dans la pièce où il était posé, elle avait peur de respirer, de sentir quelque odeur et de devenir folle. La nuit, le cercueil lui vint en rêve, non rouge et long comme il était, mais petit, luxueux, verni et peint comme un coffret de Palekh. Elle essayait de le faire rentrer dans un casier de consigne automatique. Mais tantôt elle oubliait de composer le code, tantôt elle en était empêchée par les passants. Enfin, n'y tenant plus, elle avait décidé de l'abandonner en récupérant son contenu. Elle essayait de l'ouvrir, de détacher ses deux parties comme on décolle les valves d'un coquillage. Et, en effet, le cercueil ressembla soudain à une coquille noire finement modelée, couverte de vernis muqueux. Quand enfin, en se cassant les ongles, elle parvint à ouvrir ce coquillage, elle y trouva la poupée en celluloïd de son enfance qui la regardait avec des yeux étrangement vivants et humides, comme ceux d'un être humain.

Au matin, Olia alla au cimetière. Dans une cabane exiguë, derrière l'église délabrée envahie par les herbes folles, étaient assis trois hommes qui avaient étalé sur un morceau de journal des poissons secs et du pain, et qui buvaient.

Ils écoutèrent sa demande et ensemble secouèrent la tête :

— Non, non, pas question ! Vous tombez comme de la neige sur le crâne. Demain, c'est samedi ; aujourd'hui on finit une heure avant. Ben ! Qu'est-ce qu'on est alors, nous ? des esclaves ? Tant que vous y êtes, venez le dimanche. Non, non, c'est pas possible.

Olia ne partait pas. Elle comprenait qu'ils jouaient cette comédie pour être payés davantage. Les hommes de nouveau parlèrent entre eux de leurs affaires, lui jetant de temps en temps des regards obliques, retirant des arêtes coincées dans leurs dents. Enfin l'un d'eux, comme par pitié, lui dit :

— Bon, ma belle, file-nous cent roubles maintenant, cinquante roubles après, et on va te faire un enterrement de première classe.

— Combien ? demanda Olia interloquée, pensant qu'elle avait mal entendu.

— Cent cinquante, répéta l'homme. Et toi, qu'est-ce que tu as cru ? On ne va pas travailler pour tes beaux yeux. Et en plus un samedi ! Nous sommes trois. Et il faudra encore donner au chef, puis au chauffeur. C'est comme tu veux ! Moi, je te propose ça par bonté d'âme.

Et dans un craquement sec il mordit un grand bulbe d'oignon.

Il ne restait plus à Olia que dix roubles. Les hommes étaient assis bien à leur aise et, en se coupant la parole, échangeaient leurs impressions sur les funérailles d'un responsable local. Toute la cabane était encombrée de vieilles couronnes effilochées, de pierres tombales, de barres de fer pour les clôtures. Olia eut envie de dire à voix basse à ces hommes : « Mais ayez pitié de moi, salauds ! »

— Si j'apporte l'argent demain matin, demanda-t-elle, ça vous va ?

Les hommes approuvèrent de la tête.

— Oui, comme ça, ça va. On commencera à creuser le matin, avant la grosse chaleur.

En arrivant à Moscou, Olia se mit à téléphoner à toutes ses relations. Mais trouver quelqu'un en été, et surtout un vendredi soir, c'était bien difficile. Le seul qui répondit à son appel était une vague connaissance, un trafiquant que Ninka lui avait fait rencontrer.

— Olia, cria-t-il presque avec joie dans l'écouteur, moi, tu sais, on m'a tout raflé. Oui, les flics m'ont pris près de la Beriozka avec des devises toutes chaudes. Et l'appartement, ils l'ont vidé aussi. Je suis à sec. Alors, tu vois, je serais bien content de t'aider, mais je n'ai plus rien. Attends, je vais te filer l'adresse d'un copain. Il peut changer tes devises. Quoi ? Tu n'en as pas ? Eh bien alors, des bricoles en or. Écris. Il s'appelle Alik. Oui, un Azerbaïdjanais, un brave type. Seulement un peu imprévisible…

Elle arriva chez Alik tard dans la soirée. Quand elle lui proposa le bracelet aux émeraudes et deux bagues, il se mit à rire.

— Et vous me dérangez pour ça ? Non, jeune fille, je travaille sérieusement, moi. Risquer d'aller scier du bois dans le Nord pour cinq grammes ?

Et déjà il la poussait vers la sortie à travers le couloir sombre. Tout à coup, comme se souvenant de quelque chose, elle ouvrit son sac et tira l'Étoile d'or.

— Et cela ?

— Vous avez le livret?

Olia le lui tendit.

— Avec le livret, je vous donne cent roubles.

— Il m'en faut cent cinquante, dit Olia d'une voix fatiguée.

— Alors vous repasserez, coupa Alik en ouvrant la porte.

Dehors, Olia entra dans une cabine téléphonique. On décrocha tout de suite.

— Aliocha? souffla-t-elle, presque sans y croire.

— Quelle surprise! répondit avec un étonnement tranquille une voix douce au bout du fil. Où avais-tu disparu? D'ailleurs tu as raison, c'est ma faute. Je vis maintenant entre Moscou et Paris. Nos mauvaises langues diplomatiques ont laissé entendre que tu as eu quelques ennuis? Non, mais tout va finir par s'arranger. Excuse-moi, je ne peux pas t'accorder beaucoup de temps. J'ai là une réunion avec des responsables du Festival. Oui, les Français eux aussi sont là. C'est dommage que tu ne puisses pas venir, tu serais la fleur de notre assemblée d'hommes. Tout va finir par s'arranger. Excuse-moi, je dois rejoindre mes invités. Ne m'oublie pas. Fais-moi signe. Et *bonne nuit!*

Olia raccrocha. «Diplomate!» pensa-t-elle. Puis elle retira de son sac le bâton de rouge et le poudrier.

En ouvrant la porte, Alik lui jeta négligemment:

— Ah! Vous vous êtes ravisée. Et vous avez bien fait. Cent roubles, c'est le juste prix. Cette Étoile va traîner ici encore plusieurs mois. En ce

202

moment il n'y a pas beaucoup d'amateurs pour un tel risque.

— Il m'en faut cent cinquante, répéta Olia.

Et elle le regarda longuement dans les yeux. Alik la prit par le coude et déjà d'une voix tout autre prononça :

— Personne ne vous a jamais dit que vous avez les yeux d'une biche de montagne ?

— Où dois-je aller ? demanda-t-elle d'une voix lasse.

L'enterrement se déroula très rapidement. Les hommes travaillaient vite et adroitement. Quand on combla la fosse, Olia remarqua qu'avec la terre tombaient, coupées par les pelles, d'éclatantes fleurs de pissenlit, et cela lui causa une piqûre douloureuse.

L'après-midi, elle était déjà assise à la cuisine, dans l'appartement de ses parents. Elle regardait les murs que son père, avant son départ pour Moscou, avait commencé à peindre en bleu clair. Sur la cuisinière à gaz sifflait d'une façon apaisante la grande et vieille bouilloire qui lui était familière depuis l'enfance. Il lui semblait que tout était encore possible ; il fallait seulement apprendre à ne plus penser, à ne plus se souvenir.

À ce moment, sous les fenêtres retentit une voix féminine stridente.

— Petrovna, on dit qu'au Gastronom il y a du beurre ! Allons-y ! On en aura peut-être.

— Et combien de plaques on donne à chacun ? cria de la fenêtre Petrovna.

Mais leur voix fut couverte par une basse masculine :

— Vous avez tort, mes petites dames, de vous précipiter. J'en viens. Ce n'est pas du beurre, c'est seulement de la bonne margarine. Et même il n'y en a déjà plus.

Olia ferma les yeux et, pour la première fois durant tous ces jours, elle pleura. Le soir même elle partit pour Moscou.

À l'hôpital, elle passa beaucoup plus de temps qu'elle ne l'avait pensé. Après l'avortement, il y eut des complications, puis une septicémie. Ce qui la sauvait, c'était, devant la fenêtre, un énorme peuplier argenté. Ses feuilles bruissaient d'une façon sonore et remplissaient toute la chambre de leur miroitement ensoleillé et méridional.

Le nouveau client avec lequel Olia devait travailler arriva au début du mois d'octobre. Vincent Desnoyers, vingt-sept ans, directeur commercial adjoint d'une firme d'aéronautique. Quand il débarqua à Moscou commençait déjà un automne gris et pluvieux. La fin du mois de septembre en revanche avait été douce et sereine, avec des gelées matinales et des après-midi chauds et ensoleillés.

Olia, les premiers jours après l'hôpital, respirait avec avidité et ne parvenait pas à se rassasier de ce bleu aéré et lumineux des rues, de l'odeur un peu amère des feuilles. L'air était moelleux et léger près des murs des maisons chauffées au soleil, dense et ondoyant dans l'ombre violette des soirées fraîches.

Le Centre vivait de sa vie habituelle et affairée. Comme d'habitude s'élançait sur sa perche le coq de bronze, comme d'habitude courait sur son socle, quelque part vers la Moskova, le Mercure nu de fonte noire, brandissant son caducée doré. Il semblait que toutes les tribulations du printemps s'en étaient allées dans le passé. Peu de gens au Centre avaient remarqué son absence. «Tu t'es bien reposée ? Où étais-tu ? En Crimée ? Au Caucase ?» demandaient certains.

Un jour, dans l'escalier, Olia fut rattrapée par une de ses connaissances, Salifou, un commerçant guinéen. Il était venu à Moscou six ans auparavant et avait conclu un marché pour livrer des perroquets dans les cirques et les zoos soviétiques. Depuis longtemps d'ailleurs il brassait de vraies affaires, mais on ne manquait jamais, quand on le saluait, de lui rappeler ce premier contrat.

— Eh bien, Salifou ! Tes perroquets, ça se vend toujours bien ?

— Mais non ! Vous m'écrasez avec la concurrence. Les perroquets soviétiques sont les meilleurs du monde…

Salifou tendit à Olia une photo.

— Tiens, il faut que je te montre mon petit dernier !

Elle vit une jeune femme en vêtements fleuris, un bébé dans les bras et qui fixait l'objectif d'un

air appliqué et en même temps à demi ensommeillé. À gauche on voyait les contours touffus
d'un arbre et une bande de ciel gris-bleu.

Olia contemplait la photo et ne pouvait détacher les yeux du visage de cette jeune femme.
Elle sentait dans le regard calme et absent des
yeux sombres, dans la courbe du bras soutenant
l'enfant, quelque chose qui lui était intimement
proche et familier. Olia comprenait qu'il fallait
dire quelques mots, quelques compliments de
circonstance. Mais elle continuait à regarder, fas-
cinée. Enfin, sans réfléchir, sans détacher son
regard, elle dit :

— Il doit faire très chaud, là-bas, chez vous.

Salifou se mit à rire.

— Bien sûr ! Comme dans un bain russe…
Viens nous voir, tu bronzeras comme moi, je te le
garantis.

Et en glissant la photo dans le porte-cartes, il
dévala l'escalier.

Olia mit la mallette du Français dans la grande
enveloppe noire, introduisit dans une pochette
intérieure son carnet d'adresses et posa l'enveloppe près de la porte.

Dans la chambre régnait une chaleur confortable, un peu sucrée. Le Français dormait, la
couverture rejetée, les bras largement écartés.
Aux hanches, la peau plus claire faisait ressortir
la couleur foncée de son bronzage.

Durant le dîner il avait parlé beaucoup. Et
toutes ses paroles étaient bien à propos, tout sus-

206

citait chez sa compagne le sourire, le regard, la réplique qu'il attendait. Il était dans cet agréable état d'esprit où l'on sent que tout pétille en vous, où l'on a envie de se dire : «Cet homme, jeune, à la veste de prix et à la dernière mode, au pantalon noir avec revers, aux chaussures luxueuses en cuir brun doré — c'est moi.» Les cheveux soignés tombent en éventail noir sur le front. Nonchalamment, mais avec une précision presque millimétrique, le nœud de cravate est desserré. Et même la fumée de cigarette s'enroule avec élégance.

Il parlait beaucoup et sentait qu'il plaisait à cette femme. Cette joie de vivre, il l'éprouvait presque physiquement, il en ressentait le goût suave sous la dent. Pendant qu'il buvait le cocktail, il se mit à parler de Gorbatchev. Avant son départ il avait lu dans *Libération* un article sur les réformes en U.R.S.S. Tout y était très bien expliqué : pourquoi Gorbatchev ne réussirait pas à démocratiser le régime, à restructurer l'économie, à rattraper l'Occident dans le domaine de l'électronique.

— Tout de même, raisonnait-il nonchalamment en sirotant son cocktail, la Russie est le pays des paradoxes. Qui est-ce qui a commencé toute cette cuisine avec la perestroïka ? Un adepte d'Andropov. En France, on appelle même Gorbatchev «jeune andropovien». Le K.G.B. initiateur de la démocratisation et de la transparence ? Mais c'est de la science-fiction !

«Et où peut-il bien être maintenant, pensait Olia, cet Allemand avec sa collection de petits phares ?»

En s'endormant, Vincent, au milieu de la ronde agitée de ses pensées, calculait comment il pourrait faire pour rester encore un jour à Moscou, ou plus précisément une nuit. Téléphoner à son chef et lui dire qu'il n'a pas eu le temps de régler tous les détails des prix? Non, ce vieux renard comprendrait tout de suite. On ne pouvait pas le tromper. Peut-être un problème d'avion? Il n'y avait plus de place? Complications à la douane? Oui, c'est vrai, mais il y a l'hôtel. Il va falloir en être de sa poche. Et puis il faudra peut-être la payer, cette fille, ou lui faire un cadeau. Comment cela se passe-t-il? D'ailleurs ce n'est pas un problème. On peut s'en tirer avec quelques bricoles de Beriozka…

Le sommeil déferla brusquement. Tout ce qui l'inquiétait se mit tout à coup à se résoudre rapidement, de soi-même. Il voyait son chef lui parler amicalement en marchant avec lui dans les rues sans fin, à demi moscovites, à demi parisiennes. Il retirait des liasses de billets du guichet automatique qui se trouvait dans la chambre même de l'hôtel… Et de nouveau, rêvant déjà, il sentit dans sa bouche la saveur douce du bonheur…

Olia remit la mallette à sa place, glissa avec précaution et du bon côté le carnet d'adresses dans la poche intérieure de la veste. Le silence de la chambre lui semblait étrangement profond, inhabituel. «C'est peut-être parce que nous ne sommes pas à l'"Intourist" mais au "Rossia", pensa-t-elle. Il y a moins de circulation.» Elle s'approcha de la fenêtre, écarta le rideau et réprima un «Ah!» de surprise.

La première neige tombait. Les arbres enneigés, les voitures blanchies, en bordure des trottoirs... Olia ne put résister et entrouvrit l'étroit vasistas latéral. La première bouffée fut difficile à aspirer — tellement âcre était cette odeur vertigineuse de l'hiver. «C'est bien que la neige tombe, pensa Olia. Quand il gèlera, j'irai à Borissov, au cimetière.» Et elle s'imagina — ressentant non plus de la douleur, mais une amertume calme, incrustée quelque part sous son cœur — une journée d'hiver grise ; entre les grilles, les étroits passages au sol gelé crissant sous les pas, les arbres nus, et ces deux tombes, couvertes de neige et des dernières feuilles, qui, sans plus l'effrayer, gardent sous le pâle ciel d'hiver cet inconcevable silence attentif.

Seule la Moskova était noire. Et au-dessus d'elle, de tous les côtés, s'élançant vers le haut ou s'immobilisant dans l'air, voltigeait un voile blanc. Tout à coup dans cette profondeur neigeuse et glacée trembla le son assourdi des cloches. Ce n'était pas l'horloge du Kremlin, mais un carillon grêle et lointain. Il sonnait au clocher d'une petite église perdue sous cette neige silencieuse, quelque part près de Taganka. «À chacun sa croix...», se souvint Olia. Et elle sourit. «Et à chacun sa première neige...»

Elle ferma la fenêtre, s'approcha du lit et regarda le Français qui dormait. «Sans vêtement, il a l'air d'un adolescent, se dit-elle. J'ai dû le geler avec cette fenêtre ouverte.» Elle ramena avec précaution la couverture sur lui, se glissa à ses côtés. Lentement, un peu raide, elle s'étendit sur le dos.

Tout se mit brusquement à tournoyer devant ses yeux — des bribes de conversations, la sensation sur ses lèvres de tous les sourires de la journée, les gens, les visages... les visages... Juste au moment de sombrer, à la manière d'une prière enfantine à demi chuchotée, une pensée l'effleura : «Ce serait bien s'il me payait en devises... Je pourrais racheter l'Étoile du père...»

DU MÊME AUTEUR

COLLECTION FOLIO

Dernières parutions

Composition Interligne.
Impression Bussière
à Saint-Amand (Cher),
le 4 septembre 2006.
Dépôt légal : septembre 2006.
1ᵉʳ dépôt légal dans la collection : septembre 1996.
Numéro d'imprimeur : 063096/1.
ISBN 2-07-040097-2./Imprimé en France.